《臺灣府志》影印版出版説明

《臺灣府志》爲清代中央政府在臺灣設府後由臺灣地方官主持修撰的地方志。

康熙二十二年（一六八三年），清政府收復臺灣，次年設臺灣府與臺灣、鳳山、諸羅三縣，隸屬福建省，在臺澎分别駐軍，設官治理，築城戍守，寶島臺灣得以統一于清朝中央政府之下。

臺灣府的設置，加强了臺灣同祖國内地的聯系，促進了臺灣的開發與建設，鞏固了祖國的東南海防。

《臺灣府志》自一六八五年至一七六四年共刊行六個版本，以編纂人姓氏分别稱爲蔣志、高志、周志、劉志、范志和余志。

《臺灣府志》從官方角度翔實記載了臺灣的自然風貌、經濟狀況、社會生活，記録了臺灣從孤懸海外到回歸中央政府管轄的歷史沿革，對臺灣設府後的職官、兵備、海防、田賦、教育等各項社會制度都有比較具體的描述，反映了臺灣與祖國内地加强聯系後經濟社會發展的長足進步。

《臺灣府志》從一個側面説明了臺灣自古以來就是中國的神聖領土，歷史上已由中央政府派官授職，有效管轄，臺灣的開發與建設與祖國的發展息息相關，緊密相連。

我社現根據清同治年間刊行的《臺灣府志》（余志）原貌影印出版，以饗讀者，并爲專家學者研究臺灣歷史提供一份原汁原味的參考資料。

臺海出版社

二〇一七年元月

同治八年孟冬重刻添

府志印板失落數片王興源自備工價刻添

臺灣府志

板存府學典籍庫

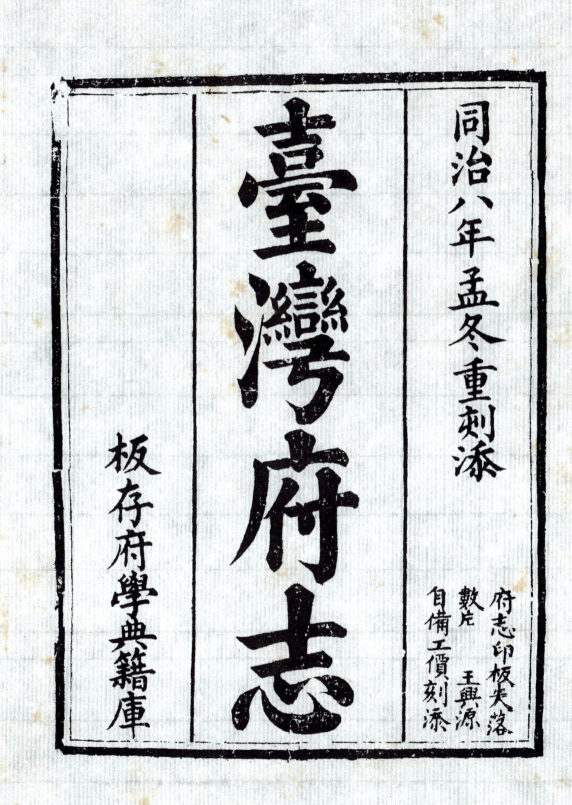

續脩臺灣府志序

葢聞人以地傳地以人傳而志亦猶是也閩之臺灣爲東南環海之區自昔爲逋逃藪故事多荒畧其地亦莫可考自康熙癸亥歲歸入版圖數十載生聚教

養日就蕃昌凡土地人民政事自不可以無志前高觀察劉副使及給事侍御六范諸君子採集舊聞旁搜衆紀薈萃成編固已綱舉目張燦若列眉矣然或所見異詞所聞異詞所傳

聞又異詞大都偶焉涉歷留心勝槩公餘之暇纂述蒐輯以備記載猶未樂觀其備也　中丞余公以乾隆庚辰出守茲郡往迄八歷重洋凡山川之險夷水土之美惡物產之盈縮風氣之異同疆索之袤廣習俗之淳漓遠自殊族番黎下及兵民部屋罔勿心識手定勒爲成書集新舊志而增損之爲類十二爲卷二十有六祛泛遴要不漏不支綜覈詳明信今傳後

洋洋乎蔚爲瀛島巨觀矣甲午冬屬序於予維予與公共事閩中先後廿餘年同寅協恭凡遇政刑體要靡不和衷商確以求其是而於臺灣重地尤爲留意體察共期綏靖敉寧相與以有成我

朝掃除鄭逆以還重熙累洽百年來海隅日出罔不率俾迄今狉獉咮噣文身椎髻之鄉悉皆就甄陶而樂化育故知

聖主御宇誠在德而不在險也

作者始封域訖藝文導揚
風勵備職方之掌使守土
者得所依據諸覽其地其
人瞭然心目則所以撫循
利導之術咸得從容就理
以仰副一道同風之盛治
是則予與中丞有同心也

夫
太子少保兵部尚書都察院右
都御史總督福建浙江等
處地方軍務兼理糧餉鹽
課世襲一等輕車都尉鐘
音譔

續脩臺灣府志序

地志之作昉於九州土訓誦訓之所傳小史外史之所掌今不可見惟職方所載詳其山川藪浸及男女穀畜之數猶可稽尋後世沿之於是有寰宇之記郡國之書然東西南朔在聲教之內則一切建置沿革是非得失之故往往文獻足徵據以成書其取材也富斯其攷核也不虞其不精若閩之臺灣則異是其地孤懸海外澎湖之名僅

見隋史有明之季始爲荷蘭停泊互市之所繼爲鄭逆所踞文物未通於上國者葢數千百年而士大夫留心勝槩者亦末由流憩是邦纂述以備記載我
朝一德同風之治淪浹無外
康熙癸亥歲地入版圖休養生聚迄今九十餘年不惟富庶之規與中土埒而詩書絃誦所陶澤亦彬彬乎與諸夏爭後先予以乾隆庚辰來守茲郡詢省舊聞得康熙間觀察高公所

爲志及其後副使劉君補葺之書而患其未備乃參覈新舊諸志於簿書餘暑持擀羣籍博訪故老暨身所經履山川夷險之處傳聞同異之由心維手識薈萃成編始封域訖藝文爲類十二爲卷二十有六非敢後聞見之奇也良以狉榛味齊之區今躋於久道化成予適獲導揚鄧治以備蘭臺之儲輶軒之採且使守茲土者有所奉以諮覽庶幾周悉其地域廣輪

人民畜產以脩其教而齊
其政不亦為厚幸乎迺三
載報政旋膺觀察之任繼
而晉陳臬事
內召司寇雖於鯤身鹿耳之險
亦嘗耑斧鉞以靖蜃氛而
周遭還往八歷重洋是書

率因循而未付梓今復奉
聖天子赫聲濯靈建牙於榕陰
務圖之中回首渤澥舊遊
宛然如昨而鷺颸不扇番
社羣嬉鱗集之儔喁喁然
酌醴泉而溯氶風予亦遂
得藉是退食從容手此一

編以溯洄於竹城赤嵌間
也爰是復加校閱授剞劂
氏而誌其顛末如左覽者
得毋謂予於斯地固有夙
因者歟然
聖澤所濡日新月異後之君子
據是編而增飾鴻模揄揚
盛美於以補職方所缺畧
是又予區區之志也夫
賜進士兵部侍郎兼都察院右
副都御史巡撫福建等處
地方提督軍務兼理糧餉
前知臺灣府事古越余文
儀譔

續脩臺灣府志目錄

卷首

舊序

原志姓氏

舊志姓氏

重脩姓氏

續脩姓氏

凡例

臺灣府總圖

臺灣縣圖

鳳山縣圖

諸羅縣圖

彰化縣圖

淡防廳圖

澎湖廳圖

臺灣府八景圖

卷一

封域　星野　建置　山川　形勝

卷二

規制　城池　公署　倉庫　坊里　番社　街市　橋梁　水利　海防　郵傳　卹政　義塚

卷三

職官　官制　官秩　列傳

卷四

賦役一　土田　租賦

卷五

賦役二　戶口　鹽課　水餉　陸餉

卷六

賦役三　存留經費　養廉　官莊

卷七

典禮　慶賀　接詔　迎春　耕耤　祭社稷　救護　鄉飲酒　鄉約　祠祀

卷八

學校　學宮　書院　社學　學田　土番社學

卷九

武備一　營制　營署　恤賞

卷十

武備二　武職

卷十一

武備三　列傳　義民　船政

卷十二

人物　科目　鄉貢　例貢　武進士　武舉　列傳　列女　流寓

卷十三

風俗一　習尚　歲時　氣候　潮信　風信　占驗

卷十四

風俗二　番社風俗一

卷十五
風俗三 番社風俗二
卷十六
風俗四 番語 番曲 番俗通考
卷十七
物產一 五穀 蔬菜 貨幣 金石
卷十八
物產二 草木 鳥獸 蟲魚
卷十九
雜記 樓堞 園亭 寺廟 墳墓 菑祥 雜著
叢談 外島
卷二十
藝文一 奏疏
卷二十一
藝文二 露布 文移 書
卷二十二
藝文三 序 記 祭文
卷二十三
藝文四 賦 駢體 詩一
卷二十四
藝文五 詩二
卷二十五
藝文六 詩三

卷二十六
藝文七詩四

臺灣府志舊序

福建布政使楊廷耀

地之有志自漢班孟堅始蓋將舉天文地理人事之屬而備具焉猗歟重矣故必有良史之筆爲紀事之書庶幾博綜該洽而無憾然余竊疑荒裔之輿內地較難而創始之與纂脩又異似未可同日而語也迺

我

朝應運鼎興

神聖接武指揮萬國蚤已建旄設旄於禹貢職方之外然未有遐荒窮島如閩之臺灣者臺孤懸海外歷漢唐宋元所未聞傳自明季天啓間方有倭奴荷蘭屯處商販頻聚繼爲鄭成功逋踞流亡漸集數十年來不

過爲羣盜逋逃藪耳今

上二十一年

特命靖海將軍侯施公率師討平之始入版圖置郡邑詢其民陋於雕題黑齒問其俗猶是飲血茹毛旣無廢興沿革之可稽亦安有聲名文物之足紀乎憶余自筮仕蒼梧以來南浮江漢經両伯之化行北守冀懷歷大禹之底績迫乎備員藩臬周流齊魯禮義之邦覽其山川風物其俗厚其民淳每歎古帝王流風之遠而德教入人之深也閩在漢爲無諸封國巳遂中土若臺者素爲積水島嶼竊計流寓之外其民若育之初視寐之初覺雖更數載猶是鴻濛渾沌之區耳

官斯地臨斯民欲爲治道民生計豈不戛戛乎其難之三十年辛未大中丞卞公惠撫斯邦軫念臺灣要地分臬重任非賢能特達者不可迺越定例會薦臬守高公爲巡使再疏報可公以三十一年春持節往蒞茲土時和年豐政行事舉不特惟正之供悉遵賦則而且俊秀之士咸登賢書甫三朞駸駸乎漸近中土行且報最矣出其所譔郡志屬序余讀之見其分野畫疆辨若指掌文事武備燦焉畢具既詳於政治風俗奢儉緩急之故復究於形勢阨塞封疆壼奧之計而且田賦墳廬黿魚篠蕩以及山藪川浸男女畜擾罔有或遺脫非殫精治道刻意民生者未克臻此

數十年後既富且教不幾爲海濱之鄒魯耶吾意後之人頌其過化之神不讓文翁化蜀寧曰荒裔創始不足與班孟堅並傳哉余不敏竊幸附名簡末故不辭而爲之序

臺厦道　高拱乾

今天下車書大一統矣我

皇上仁德誕敷延封萬里東西朔南莫不覆被顧臺灣蕞爾土越在海外游氛餘孽蔚爲逋藪犵犵番黎茫然不知有聦明日月沿海郡邑江浙閩粤傳烽舉燧多歷年所我

皇上好生如天以普天之下皆吾赤子奚忍獨遺二十一

年

特命靖海將軍施公率師討平郡縣其地設官置鎮星羅碁布數年以來聲名文物駸駸乎與上國比隆夫有疆土必有風俗有制度必有沿革海外兵燹之餘人心甫定耳目未開不爲捜羅廢墜纂輯典故使天下觀者如身履其地而習其俗無以彰

聖天子一德同風之盛廣久道化成之治則亦守土者之過也余自辛未春出守溫陵越明年謬叨兩臺薦剡

蒙

聖恩特用分巡茲土浮海駐節甚懼其難也目擊一方之凋殘利何以興弊何以除學校何以振兵政何以肅

軍實何以備勤勤焉日進文武寮寀求所以生遂安集之道又何暇及於誌乘矧臺疆初闢百度草創遺編故老湮沒無聞即欲成書而無徵不信又孰從而誌之於是者二年幸託

朝廷無外之威德兩臺漸被之深歒風雨以時番黎向化文武和洽庶吏協恭政事之餘益得與父老子弟諮詢採攬凡山川之險易水土之美惡物產之有無風氣之同異習俗之淳薄遠自生番殊俗下及閭閻纖悉每聞見有得輒心識而手編之溯始明季臺所自有迄歸我

朝臺以肇造綱舉目張巨細必載有功必錄有美必書

公諸衆心以觀厥成斯誌也亦所以志也敢曰余之私言哉嗣是而稽水道者非以海市蜃樓誌怪也舟楫必由寓不逢不若之經焉考廢興者非以裸髮文身誌奇也絕域咸乎見莫不尊親之休焉覈人材問民俗者非以昔渾沌而今雕鑿也盛衰有自禀履霜臨谷之戒焉其與內地同者官吏兵民一歸於正其與內地異者剛柔燥濕各遂其天不寧惟是百爾君子篤棐協恭以綏靖爾百姓爾百姓公好公惡具有明徵凡吏斯土者思誌不朽毋貽後世譏將使海外之聲名文物日臻郅隆而重譯接踵羣知生聚教訓洋洋乎為窮荒一大奧區則是書也未必不為

官方之一助焉拱乾世受
國恩自惟才疏德薄今且秩滿奉
旨移補浙臬樂臺之駸駸與上國比隆也而斯誌適成倘
聖天子輶軒下採詢及海隅斯誌遂得入奏以附大一統之末為三代以來未有之盛事是亦微臣之志也夫若乃踵事增華是賴後之君子余不敏也又何敢專是為序

重修臺灣府志舊序　閩

國家重熙累洽久道化成薄海蒼生蒸然共進於一道同風之治凡截竹扶桑之域占星問月之鄉莫不重譯梯航喁喁向化蓋自昔王者建中表正其埏紘之

廓至今日而彌綸無外矣臺灣附近閩南儼如屏障非若不夜之城無雷之國列在墨劓魚支之貢者也然自宋元以前不登經傳至明季而後知有荷蘭屯聚繼爲鄭逆逋逃藪迨康熙癸亥始入版圖改隸郡邑生聚教訓六十年來如易草昧之乾坤沐浴於化日光天之下彬彬然成一衣冠文物之邦矣疆域之沿革戶口之多寡制度之詳畧風俗之澆淳攷其志乘脩於康熙乙亥迄今四十餘年不獨魯魚亥豕漸次失傳而時異勢殊日新月盛匪加纂輯又何以信今而傳後耶獨是脩志之難同於作史自昔爲然矣史漢而下如廬陵之五代史簡遠澹宕可與涑水相表裏而劉攽輩猶且譏之況於後之懷鉛握槧者乎衡陽劉監司分巡茲郡詳請續脩志乘爰飭令其延請宿儒網羅掎摭縷析條分八閱月而志成贍而不穢詳而有體本末備舉繁簡得宜犂然有合於三長之旨他日輶軒所至採及海隅以昭聖世輿圖之盛抑何幸歟雖然猶有進稽諸禹貢紀山川貢賦封土而卒歸之於祗台德先不距朕命可見控馭寰宇者在德不在險而敬者德之本也惟敬則勤而庶事無叢脞之虞惟敬則和而同寅有恊恭之美以此爲忠信之長慈惠之師則山川安於奠定貢賦樂於輸將封土維於不拔禹之錫圭告成此物此志

也繼自今官斯土者惕乎有顧畏民巖之意抑乎有
涉冰履尾之思本此夙夜靖共以佐我
國家一道同風之化而孤懸海外者永永爲海濱之鄒
魯也夫

福建巡撫王　恕　四川人

庚申之冬余撫閩之三月臺副使劉君以脩郡志告既明年秋七月書成來請序又五月始爲序之曰古者郡國計書上於蘭臺蓋卽後世地志之屬也周禮小史掌邦國之志外史掌四方之志司農謂邦國之志乃春秋傳所謂鄭志國語所謂鄭書康成謂四方之志若魯之春秋晉之乘楚之檮杌周官別山川分

圻界條物產辨貢賦六卿分掌之而統於冢宰太史以六典逆邦國之治蓋志卽史也劉執中曰四方之志謂九州列國四海百蠻世系之所自出封建之所由與朝貢之斷續政教之違從禮樂之興革俗尚之醜好若土均土訓誦訓之所職皆爲志以藏之若是則今之郡縣志古四方爲之濫觴也其事重矣臺僻在海島介於百蠻自入版圖以來
聖化淪浹風移俗易彬彬乎與諸夏埒并星槎瀛涯舊矣漢丞相張禹使屬頴川朱贛條其風俗而宣究之劉君之爲是書也蓋欲吏於臺者宣究其風俗而善爲治意良厚矣雖然治臺之法有七而所以挈要者三

興教化足積貯嚴保甲稽汛守柬戍兵安客戸徠番社此有司所謂法也實心以宣
上德虛衷以和文武多方以求民隱此吾所謂要也非法不足以布政宜非要不足以操治本皆吏於臺者職也其可勿朝夕思乎柳子厚曰凡吏於土者若知其職乎蓋民之役非以役民而已也曾子固曰吏者惟其無久居之心故謂之不可如其有久居之心奚不可耶苟爲吏者以吾前所言者爲法而以後所言者爲戒則鹿耳鯤身郎雉飛虎渡之區天風海潮皆和樂熙皞之音矣是劉君爲志之意也至若體例筆法之嚴敘述記載之雅卓然有合於古人可以上之太史備圖經之釆擇諸公序之詳矣茲不復贅云

閩浙總督喀爾吉善滿洲人

自古史家撰述稱志爲難夫非獨作志之難也所志者尤難作志者視其才而所志者視其地與其世人物與時高下事跡隨代顯晦而撰述之隆汚因之故曰難也今天下車書大同各省及府概有志書煥焉可述獨臺灣以一府數縣肇闢於溟濛芴昧之中垂六十餘年而有志書二十五卷吏治民俗文教武畧洞源竟委麟麟炳炳幾與中土埒而恢詭有過焉斯以奇矣余以丁卯春奉
命開府閩中詢省風土適値是志告成得詳覽焉然後歎

是編撰述之雅麗非特後先作者之才也臺地雄視
鉅海貫東西兩洋爲數省屏蔽其形勝固已殊絕迨
至
聖人出而四海一紅夷海寇陰先驅除風師河伯効靈於
波濤矢礮之間助師武臣宣力聿登清宴守土之吏
上稟
廟謨撫寧疆理生聚而教誨之迄今如一日故其見於志
者上自
九重神功咸暨旬宣大僚姚滿二公之籌畫施藍諸將之
方畧歷任巡察諸吏之勤勞下逮一時詞人倚馬橫
槊之才靡不爛如至於涵濡美術聲教所訖內則衣

冠典文之休嘉亞於上國外則山經海紀之瑰琦軼
於往古此皆
聖作物覩深仁厚澤洽於無垠自邃古以來未有登斯理
者故後先諸子得以踵事蒐輯勒爲成書昭示來世
班孟堅所言遭遇乎斯時者詎不信哉遂因其請序
而書諸簡端推原其美非徒以志作者之幸亦以覺
悟蒸黎俾知東南赤子賴絕島保障含哺鼓腹無揚
波之恐者幸際太平有道之長也若夫撫富庶之樂
而思締造之艱緬變理之勞而爲綢繆之計此則封
疆文武之所圖尤願與來者無忘之也夫

福建巡撫陳大受祁陽人

海內郡國以千百計其山川險隘風土人物與夫往
古事蹟載於史策稗官野乘爲類甚繁作志者薈萃
成編其取材也旣博其脩飾也易工若乃遐荒外島
自昔聲教未通之地如臺灣者溯前則無稽居今則
難畧作者於此蓋不勝覼止行遲焉我
國家聲靈赫濯海隅日出罔不率俾臺灣自入版圖垂
今餘六十年卉服文身之域茹毛飲血之儔咸襲冠
帶安耕鑿俗易風移駸駸乎有中土之習
大化涵濡於是爲深且厚矣郡之有志自高劉二君始比
歲 給諫六公 侍御范公奉
命巡視其地宣布

聖天子德意撫綏民番輯寧海疆政理旣已浹和爰取舊
志而重脩之勒成若干卷屬序於余余惟東南環海
之區元明以前率爲逋逃藪故事多荒畧而其地亦
莫可考澎湖之名僅見於隋史臺灣則明季始稱其
名然不過爲日本荷蘭停泊互市之地旣無歷代廢
興沿革是非得失之槪可資考鏡亦無文人詞客游
歷尋覽之蹟可以感慨流連故述之者恒患不文間
有一二紀載又涉於奇誕人往往視若齊諧之志山
海之圖用廣異聞而已今觀是書體例嚴密力大思
精凡旌別淑慝區畫井疆戒飭武備諸大政靡不條
分縷晰而詳著之可謂識其大者矣而山川之夷險

水土之美惡番俗之淳頑物產之豐嗇織悉不遺該
洽典贍斐然可觀以是上諸蘭臺誠足資
廟堂之採訪且使守土之吏得而習之土俗民風瞭然心
目所以承流宣化奉職效官者悉於是乎在則是書
豈徒作哉抑余聞之臺地幅員廣遠東番各社禾黍
芃芃比戶殷富苦於野番間阻不得列爲王民邇年
以來
聖澤覃敷野番輸誠歸化者絡繹不絕傀儡諸山兇番終
於革面革心則臺地將東漸於海而聲教之所訖必
有踵事而增脩之者是又有俟於後之君子

福建布政使高山 山東人

聖天子統御宇內包含萬有雖遐荒絕島亘古未經向化
者無不舉而懷柔之教養之使皆有以漸摩而成善
俗其遐荒絕島之衆初猶草昧蚩蚩耳乃自感於
聖人之治殆如風行草偃翕然向治遂臻一道同風之盛
焉臺灣一域爲海外荒島禹貢之書不載職方之紀
無聞始自有明天啓朝爲荷蘭屯處稍與中華通往
還後爲鄭成功竊踞恃險負遠猶在四夷也我
朝定鼎
聖祖神武遠播收鄭氏餘孽而版圖之設官置鎮十年生聚
十年教養由是臺灣一域已漸非昔日之遐荒絕島
矣庚戌歲予奉

命巡察重洋遠渡入其境人民濟濟無雕題卉服之狀蓋
浸潤於教化涵濡乎養育者深且至也按其戶口稽
其財賦考其山川風俗土物人情閱其城池倉庫壇
廟學校番社官莊兵農水利釐然畢備退而準之舊
有誌乘則掛漏殊多抑舊志成於法度未備之初不
無因陋就簡越數十年自不可同日而語矣意欲即
而脩之值頑民吳福生跳梁捧
節之使守埤禦暴宣化撫綏之不暇遑暇脩誌乘哉期
滿復
命忽忽數載意甚歉焉甲子春旬宣閩地見從前舊乘已
爲劉副使補葺人有同心猗歟休哉秋九月奉

旨赴臺查勘武職官莊踰澎渡海巨浸驚濤山川城郭依
然如舊而民風之醇人物之盛闢土之廣利用之厚
簿書期會之繁更不可與庚戌之歲同年而語矣僉
以徵
聖化之淪浹久而風俗移也劉君所葺誌乘又覺未盡其
要會語　巡使給諫六公而六公亦有雅意增損之
說迨　侍御范公赴臺與六公參酌考訂諮討釐正
逾一年誌成丙寅冬　二公寓書予曰重脩志乘業
已刊刻告竣言之不文乞爲一序予不敏何以序爲
雖然脩臺誌者予素志也何敢以不敏辭於是披覽
周環得其所紀山川則瀛洲島嶼搜羅摭拾之無遺

也田賦則納總納穗供輸經費之畢存也風俗則居
處習尚番社語言之悉載也其奇節瑰行風流後雅
者錄之人物之中水陸戎行班戍優恤之典具於武
備之內若夫物產則嘉穀異卉珍禽怪獸之僉呈而
詩文辭賦則天章雲漢光怪陸離之炫目他如規制
典禮職官學校則又事核而該體嚴而備其中有倫
有脊有目有綱踵事增華蔑以加矣一畫開而天地
闢二氣運而歲功成臺誌脩
聖治彰所繫寧不重歟他日輶軒採問不弟知荒島之為
鄒魯僉以歎 二公之用心有功於
朝廷者不淺乃援筆而為序

福建糧驛道明福 滿洲人

閩地為古無諸之國而閩之臺灣本土番部族琉球
之故壤漢唐開疆以來皆以海外置之地入於荷蘭
其後鄭成功逐荷蘭竊踞為巢
聖祖仁皇帝念天下一家臣服其黎庶郡縣其土宇數十年
休養生息日就蕃昌土地人民政事之大不可以無
志志於前者觀察高公副使劉公相繼纂脩而規制
事宜未盡洽備今 給事六公 侍御范公奉
命巡視茲土乃與副使莊君太守褚君共採舊聞旁搜衆
紀為徵引之據於是取新舊二志增之損之有綱有
目余觀志之脩也與作史同必彙從前之事合數家

之辭而裁以史才之手然後條理明備本末燦然孟堅之於子長劉昫之於韋述半以為取材而加之斲削歐公五代之史原本於薛居正而刪定之是故必有相因之迹相躡之功相因則其事詳相躡則其文核夫作史且然至於脩志亦有不得不然者矣顏師古曰志記也積記其事也夫事日積而多亦日積而廢由後數十年之所積較之於前其踵而增華者有加而於前事或久而放失又或因傳聞之謬更為荒蕪之辭以雜之不得其詳且核焉則其缺莫考其文之不雅馴者尤搢紳先生所難言也今觀臺志之脩自封域規制至於藝文雜記其間典禮之周學校之設武備之嚴與夫山川之險易戶口之繁衍賦役之殊科生番熟番之頑馴强弱不同人情風俗土物產貨皆志以稽如指諸掌且臺郡孤懸海外為各省之藩籬是以於防海港口出入水道紆廻言之尤詳必提其要害紀其遠近使人因其形勢以識控制之方其視前志加詳而體要典則尤為加核是有良史之才而達於政體者也考之周禮職方所掌辨及山藪川浸與男女之數穀畜之宜以周知其利害使同其貫利王制凡居民材必因天地寒煖燥濕廣谷大川之異制民生剛柔輕重遲速之異宜以脩其教而齊其政今是志之脩既槩悉全臺之風土人物則其政

治之宜民條理本末必有卓然可觀者不獨其文之詳核可以方班劉而匹歐陽也謹序之

臺灣道莊年武進人

地理之有志也自禹貢始禹别冀兖青徐揚荆豫梁雍爲九州至殷則有幽營而無青梁至周則無徐梁而有幽并其見於爾雅周禮者近是然皆備列揚州閩揚州域禹貢曰淮海惟揚州爾雅曰江南曰揚州則夏書之所謂東漸於海王制之所謂自東河至於東海即殷制是臺地實洪荒渺昧芒芴烱煜而在其中更考周禮職方東南曰揚州雖其區三江五湖其載而未及海然已明言七閩臺淡水距閩省水程四百餘里其間闗潼白畝形勢蜿蜒則臺之隷閩斷可識矣臺始見於隋湄明荷蘭據其地鄭逆角逐之立郡邑我

朝天威震讋艨艟南指遂納款面向附疆索焉伏荷

列聖仁綏義撫先之以奧咻拊畜以馴化其歷來獷鷙之習俾黠者騖於工商樸者安於隴畝秀者澤於詩書彬雅之中漸躋於聲名文物而易其狉獉侏離之弁陋然則臺之初闢固不可以無志而其在荒服無可沿考則其爲志也較難曩之觀察茲地者嘗留心斯舉康熙間高公炱創輯之繼乾隆辛酉劉公省齋復增補蕆書可謂明且備矣苟茲化理淪浹又歷年所時

物漸臻風氣益廓　巡方六范二公廑念海邦文獻網羅晉萃遐搜舊典周訪新知因而按部就班釐爲綱十二目九十有二繁者汰之缺者補之袪其泛遴其要而又不徑從簡畧俟後人失所依考而又不隨流附會使旁觀循其模稜意匠心裁洋洋乎蔚爲瀛島巨觀也且夫鹿耳鯤身臺之門輿南則沙馬猴林北則雞籠鹿子笪巒插漢與鯨濤拍天角險椎髻文身與冠裳舄履交錯天與山海際地與民番混在閩則爲鎖鑰在江浙甌粵則爲屏藩雖僻介邊徼其帶礪攸關實視中區爲險要吁是志也其徒侈詞華之壯雅體製之醇備考核之精詳乎盖其用意宏深矣

嘗試按而考之舉凡

廟謨之淵邃奏疏之剴切文武乂安之籌策水陸防捍之隘衝以及興文講武通商輯番之周畫無不犄擠參覈規之詳而慮之遠今夫風雷草昧君子以經綸臺之啓疆雖已距六十餘載誠有如文翁化蜀昌黎治潮暨武侯之定猺蠻伏波之撫交趾迄今猶衣其德弗衰服其教而畏其神弗輟則茲土也潮惠漳泉之叢處而誘以士物心臧生熟番之咕咕于于而潛率之就甄陶而樂化育游惰向業四民交勵五士迭興萑蒲弭訟獄息刑措兵偃職官人物炳炳烺烺而風俗齊美斯山川草木鳥獸蟲魚皆繪文明熙皞之象

矣則是志之所以道揚郅治裒贊鴻謨繫苞桑而固磐石者其有豳風無逸之思乎夫豈等山經水注侈乘槎之瑰奇資操觚之博贍已哉余猥厠鉛槧之末愧無能爲役爰書諸簡端而特闡之

原志姓氏

纂輯　福建分巡臺廈道兼理學政高拱乾

校訂　臺灣府知府靳治揚

臺灣府同知齊體物

臺灣縣知縣李中素

鳳山縣知縣朱繡

諸羅縣知縣董之弼

臺灣府儒學教授張士昊

臺灣縣儒學教諭林宸書

鳳山縣儒學教諭黃式度

諸羅縣儒學教諭謝汝霖

分訂　舉人王璋

貢生王弼

貢生陳逸

貢生黃巍

貢生馬廷對

貢生王喜

監生馮士[illegible]

生員張銓

生員陳文達
生員鄭蕚達
生員金繼美
生員張紹茂
生員柯廷樹
生員張僊客
生員盧　賢
督梓
典史嚴時泰

舊志姓氏

總裁

總督閩浙部院鎭國將軍宗室德沛

署閩浙總督部院鎭閩將軍策楞

巡撫福建都察院王恕

巡視臺灣監察御史舒輅

巡視臺灣監察御史書山

巡視臺灣提督學政監察御史楊二酉

巡視臺灣提督學政監察御史張湄

協裁

福建布政使司喬學尹

福建布政使司張嗣昌

福建按察使司王丕烈

纂輯

分巡臺灣道按察使司副使劉良璧

臺灣府知府錢洙

臺灣府知府范昌治

協輯

臺灣府海防同知郝霔

臺灣府淡水同知戴大冕

署澎湖通判胡格

臺灣縣知縣楊允璽

鳳山縣知縣程芳
諸羅縣知縣何衢
彰化縣知縣費應豫

同輯

臺灣府學教授薛上中
臺灣縣學教諭徐宏祚
鳳山縣學教諭周元
諸羅縣學教諭陳振甲
彰化縣學教諭鄒熊

分輯

舉人陳邦傑

舉人陳輝
恩貢張從政
拔貢黃佺
歲貢范學洙

校對

臺灣府學訓導楊友竹
臺灣府經歷朱士顯

監刻

貢生施士安
生員翁昌齡

重脩姓氏

纂輯

巡視臺灣戶科給事中六十七 字居魯滿洲鑲紅旗人

巡視臺灣兼提督學政監察御史范咸 字九池浙江仁和人癸卯進士

協輯

分巡臺灣道按察使司副使莊年 字榕亭江南長洲人保舉

臺灣府知府褚祿 字穗百江南婁縣人癸丑進士

參閱

諸羅學訓導陳繩 字繩季福建閩縣人歲貢

校輯

臺灣府淡水同知曾曰瑛 字芝田江南南昌人例監

澎湖通判汪天來 字溯漢江南徐州人監生

臺灣縣知縣李閶權 字衡宜山西安邑人教習

鳳山縣知縣呂鍾琇 字集九廣東饒平人舉人

署鳳山縣知縣縣丞趙軾臨 字湘右浙江蕭山人監生

諸羅縣知縣周緝敬 字作侯廣東新會人舉人

彰化縣知縣陸廣霖 字用賓江南武進人己未進士

監刻

原任臺灣府海防同知方邦基 字樂只浙江仁和人庚戌進士

臺灣府海防同知梁須梗 字大木正白旗漢軍例監

署臺灣府海防同知漳州府同知張若霳 字樹堂江南桐城人保舉

校對

續脩姓氏

總裁

分巡臺灣道兼提督學政覺羅四明（字朝芑滿洲正藍旗人內閣中書）

主脩

臺灣府知府余文儀（字寶岡浙江諸暨人丁巳進士）

協輯

臺灣府淡水同知于從濂（字靜專江西星子人戊辰進士）

臺灣府淡水同知夏瑚（字　浙江仁和人監生）

叅輯

舉人揀選知縣黃佾（字樂序福建侯官人）

校對

生員張源義（字世文臺灣縣人）

凡例

一郡志初作於康熙三十三年觀察高君拱乾成之其後副使劉君良璧重脩於乾隆六年高志草創多失之畧至劉志則加詳矣然劉志二十卷星野建置山川外更有疆域而風產即附風俗下似為不倫高志十卷以封域規制等為十綱各附以目序列有體今合新舊二志增損之為綱十二為目九十有二庶幾有條而不紊爾

一劉志大半摭拾通志如通志首列典謨蓋以全省所
奉
諭旨高文典册自宜弁冕簡端若郡邑志自不必複載舊

志將
御製
至聖賛及表章朱子
上諭周易折衷等序並行纂述此豈專為臺地而設耶且四亞聖賛後即繼以
賜靖海將軍施琅碑文尤為失次故茲志不敢仍襲其舊其有因臺郡事宜
特頒諭旨者謹分載各條內俾奉行者有所遵守勿失焉

一臺灣入版圖後生聚教訓雖歷六十餘年然猶去荒昧未遠本地苦無文獻可徵所見所聞不無異辭即以星野言之舊志謂屬牛女之分諸羅志謂屬翼九

度而鳳山志辨其非必並列之以見統綱專主牛女之意是志於各條下俱列附考似於作志體例別創一奇亦以海外初闢之地不得不互存以資參覈云爾

一前志於臺灣一邑祇載寥寥數山其羅漢門內外槪不之及迨乙丑冬巡歷至其地見山谷盤互極險仄幽峻問之土人則云朱逆作亂時初皆盤踞於此及閱使槎錄載羅漢門山甚詳且云峻嶺深谷叢奸最易此守土者所不可不知也因採其語入形勝附考中而詳識其山之遠近道里補入山川志焉

一鹿耳門為全臺門戶防緝奸宄則臺防同知之責為獨重前志不載海防事宜今特為增入凡海港出入之要口及船隻之大小併一切見行則例俱必條列亦以見防海宜詳也

一臺灣田賦自歸化後累蒙
列聖減則蠲除優恤備至惟雜稅有沿鄭氏舊名者故徵餉水陸異科與內地逈別其牛磨蔗車以及港潭塭繒縺罟罾緣蠔之屬非詳注則觀者無由知今特采諸書中言之雅馴者列之附考至養廉一項尤
聖朝體恤臣下之仁亦宜備載以志異數

一臺郡分野揚州習俗尚鬼與荊楚同今典禮中祠廟一遵祀典所頒注祠並黜其寺觀則別載雜記

一閩省鄉試臺郡分額取中所以培養海外人才者備極隆至餘若粵人之附居者亦增入學名額尤爲特典前志未錄故於學校中詳列其始末焉

一海外武備特重凡分班遣戍之期道里舟車之費歷聖加恩優恤至爲詳備而制田產以備吉凶賞恤延及百世尤我世宗憲皇帝格外殊恩也舊志未載茲特補入并增列義民議叙一條以見聖朝報功之典雖小善必錄焉

一番社不下數百種生熟番馴頑不一南北番亦強弱各殊然熟番與士庶雜處輸賦供役則亦民也卽生番歸化亦各輸鹿皮餉今考其服食居處性習風尚各番畧有不同因本黃玉圃先生番俗六考加以咨詢所及於風俗中分類詳記而其方言俚曲亦載其大畧焉

一臺之物產自百穀以至草木蟲魚類多中土所不常有在士人旣以臆名之而士大夫考據又苦未得其眞故附考中徵引諸書有一物數見者蓋欲後人有所折衷故採擇不厭其詳至舊志所載如蕹則云有赤白二種蒜則云有大小種桃則云花紅實可食梅則云味酸松則云松栢爲百木長梅則云百花魁黃鶯則云一名黃鸝一名倉庚螢則云腐草化生蜻蜓

則云六足四翼翅薄等類凡皆內地習見之物不煩細注今悉刪去以免載籍繁夥

一舊誌附考中頗載偽鄭逸事以其始則驅逐荷蘭繼則納土歸降蓋為我
朝先驅者故附錄其興亡之跡以為臺地之緣起非敢倣十國春秋之例也

一臺郡初闢中土士大夫至止者類各有著述以紀異然多散在四方島嶼固鮮藏書之府也范侍御奉
命巡方自京師攜黃玉圃先生使槎錄以行至武林又得孫湘南先生赤嵌集抵臺商搉脩志於是臺灣志畧靖海紀東征紀紀臺灣紀畧臺灣雜記稗海紀遊諸集

按籍搜索僉得全書惟沈文開集向時寓臺諸公所豔稱而未得見者亦輾轉覓諸其後人凡得詩文雜作鈔本九卷半皆蠹爛但字迹猶可辨識既不忍沒前人之苦心故所徵引較前志尤多但志中所引僅註書名因特於雜記中另列雜著一條備載作者姓氏方知為某人之書亦僉以存海外之文章今後來有據耳

一藝文內舊志將鄭氏歸降表採入尤為不倫若前明寧靖王術桂係監國魯王所封傳中屢以王稱之亦非體矣又奏疏首尾體例全載此為冊檔之式非是紀乘之文況題目已經列明更為屋上架屋凡以上

福建臺灣全圖

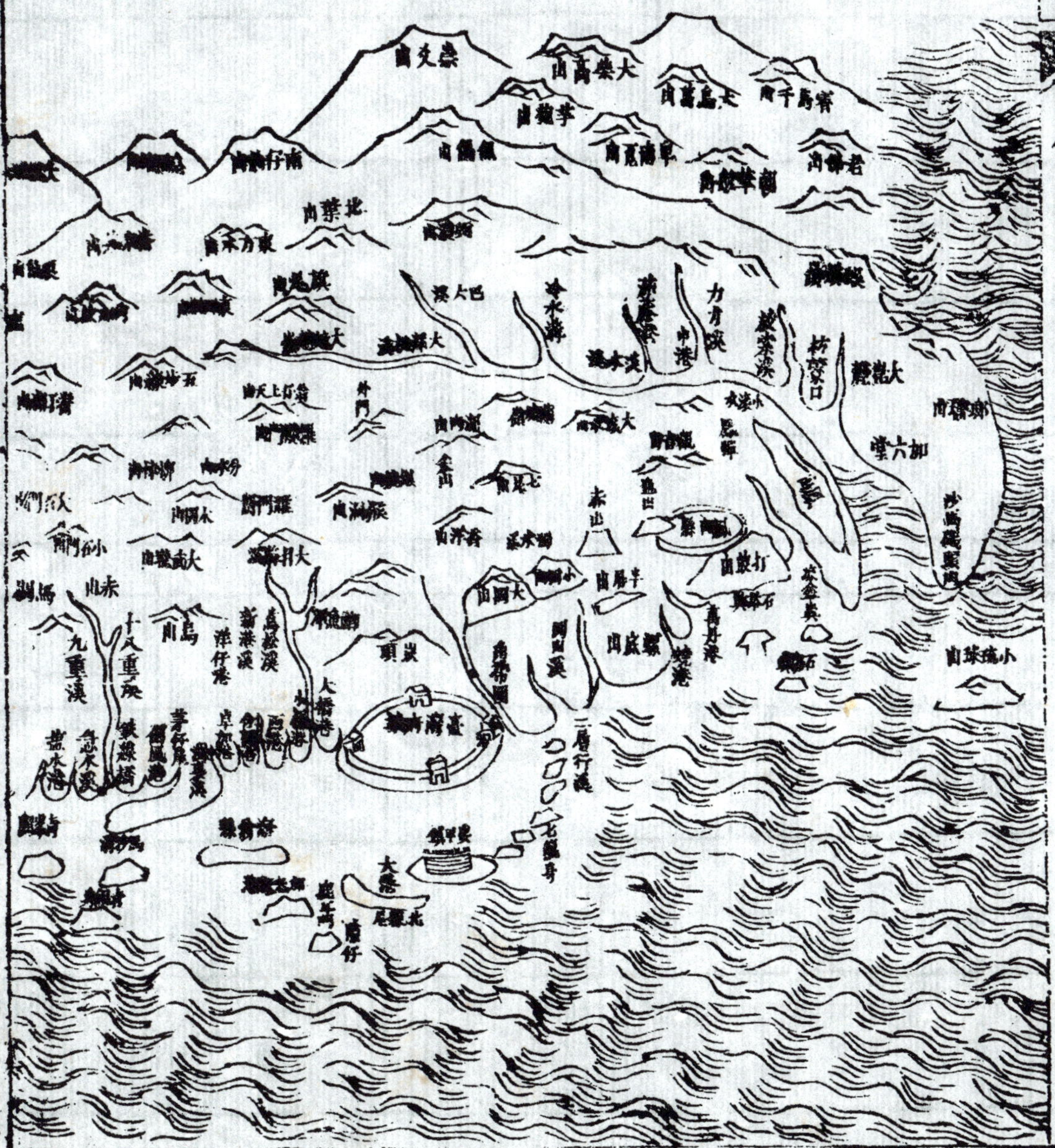

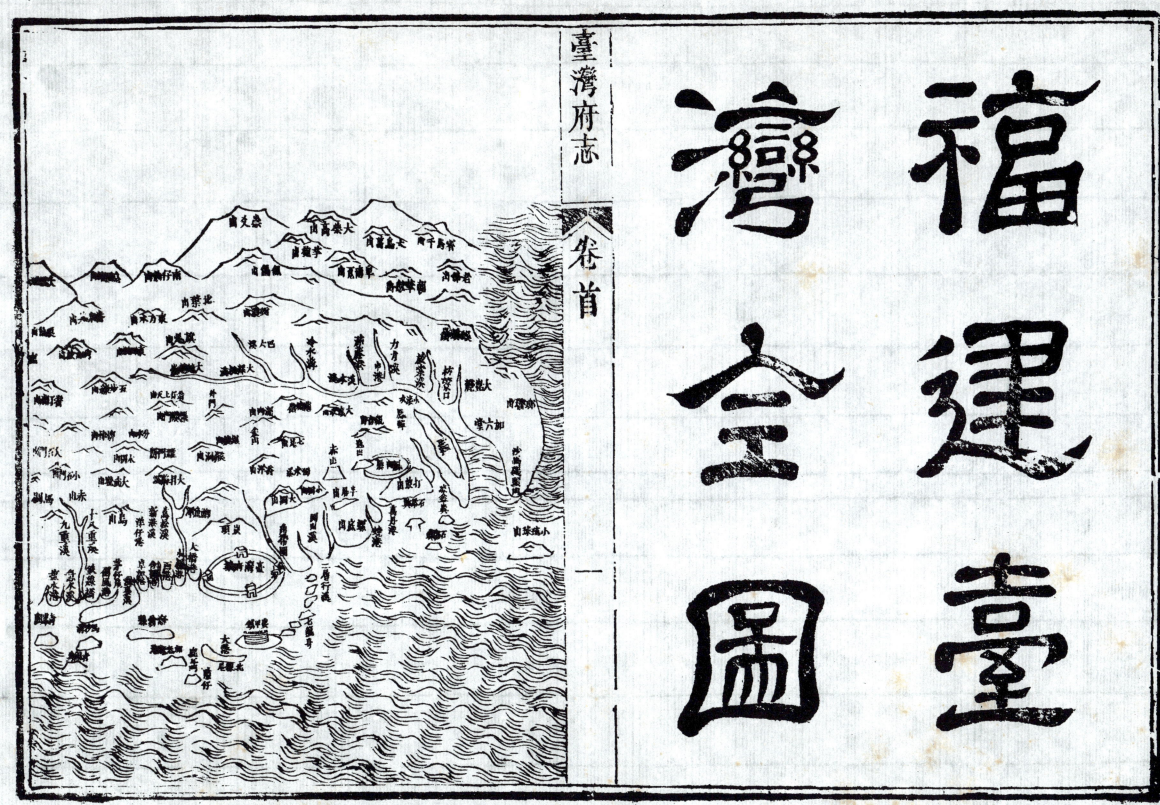

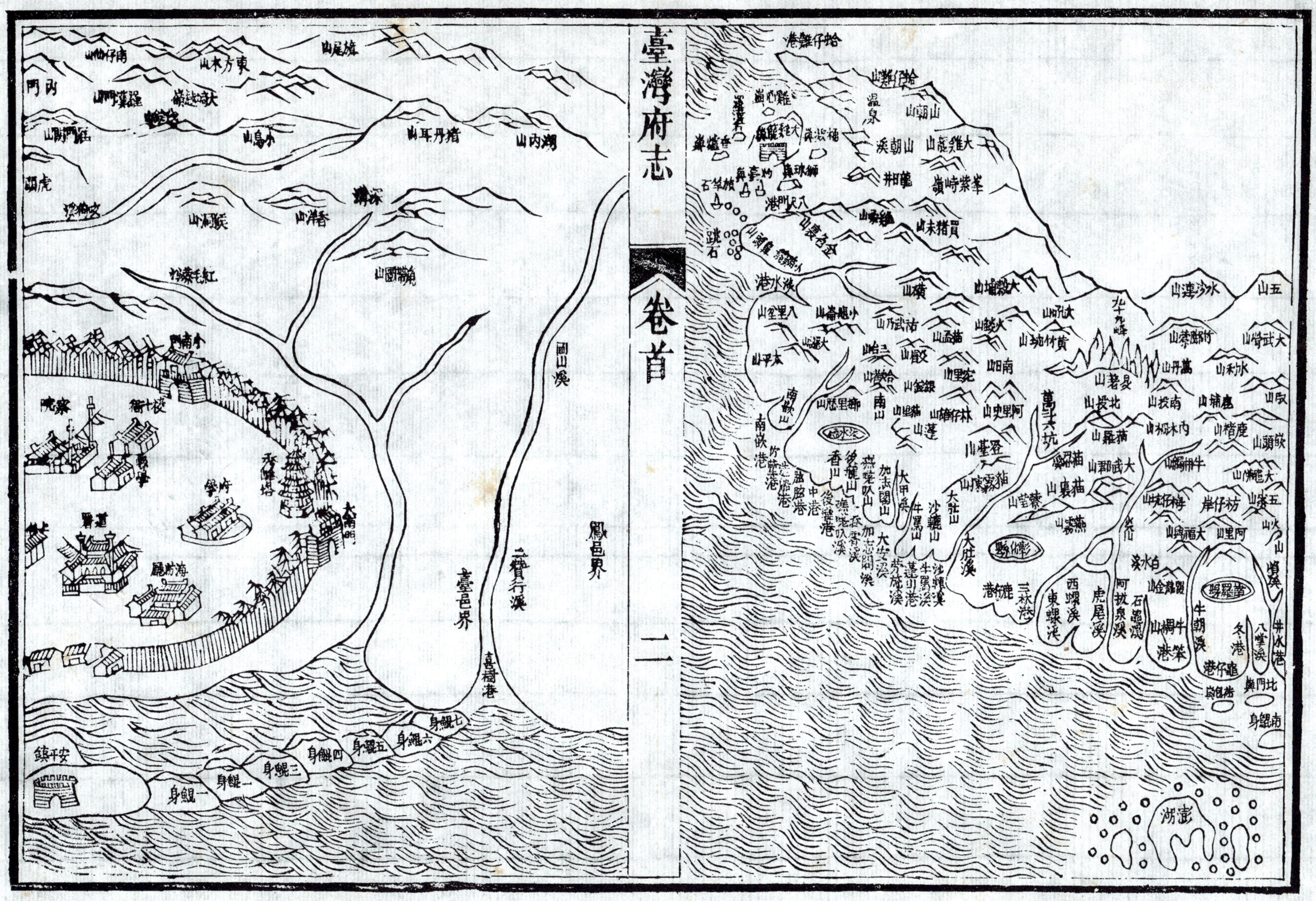

安平鎮
一鯤身
二鯤身
三鯤身
四鯤身
五鯤身
六鯤身
七鯤身
大南門
小南門
府學
道署
海防廳
察院
十字街
臺邑界
鳳邑界
二贊行溪
喜樹港
岡山溪
旗尾山
小烏山
湖內山
紅毛寮
內門
虎頭
香洋山
淡水港
溫泉
竹塹港
後壠港
中港
大甲溪
牛罵山
沙轆山
大肚山
大肚溪
彰化縣
三林港
鹿仔港
西螺溪
東螺溪
虎尾溪
諸羅縣
牛朝溪
八掌溪
北門嶼
南鯤身
澎湖
水沙連山
五山

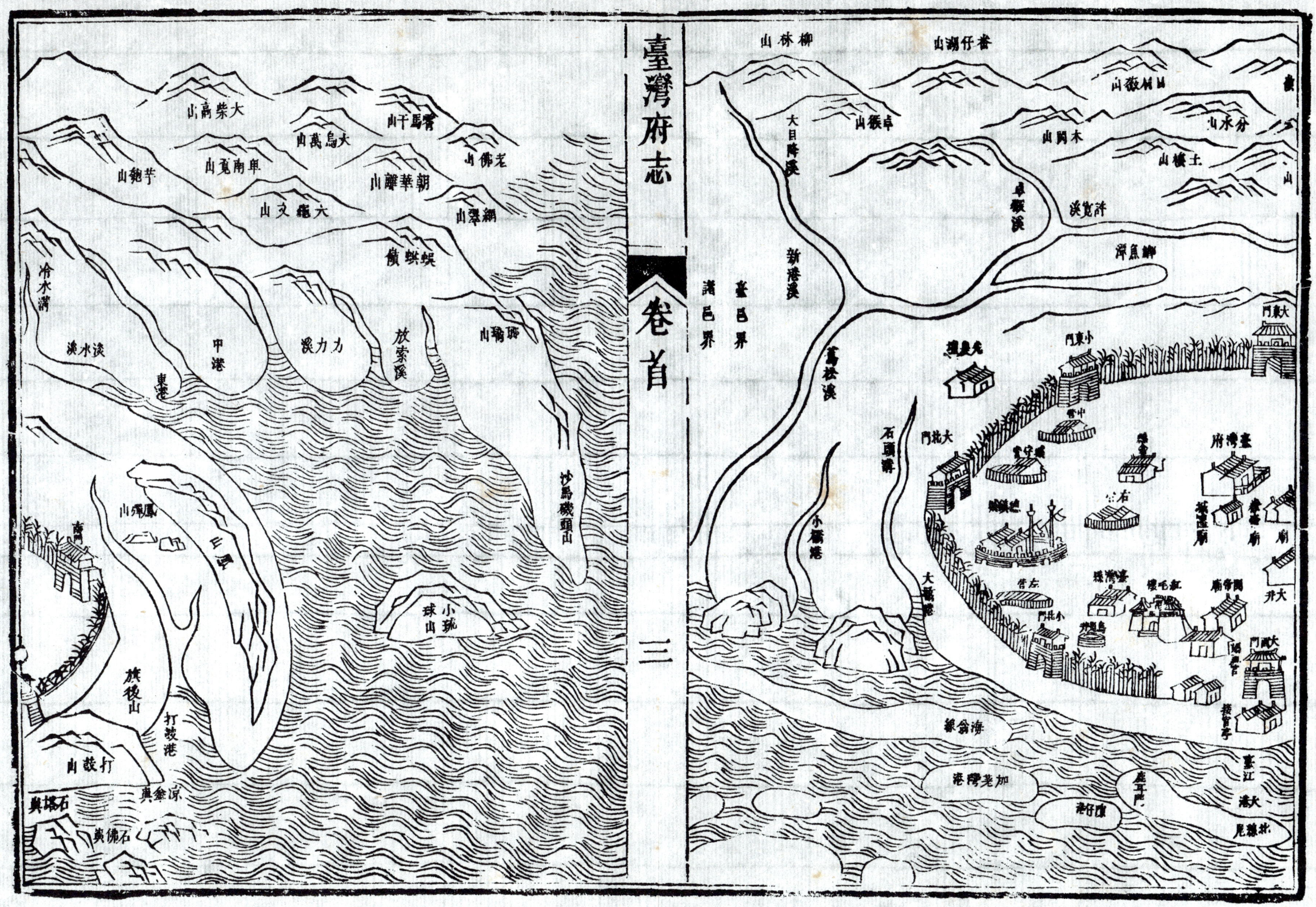
柳林山
大目降溪
卓猴溪
新港溪
諸邑界
臺邑界
鯽魚潭
大北門
小北門
小東門
大東門
臺灣府
海翁線
加老灣港
鹿耳門
大柴高山
老佛山
冷水溝
淡水溪
中港
力力溪
放索溪
東港
旗後山
打鼓港
打鼓山
石佛嶼
小琉球山
沙馬磯頭山

諸羅縣圖

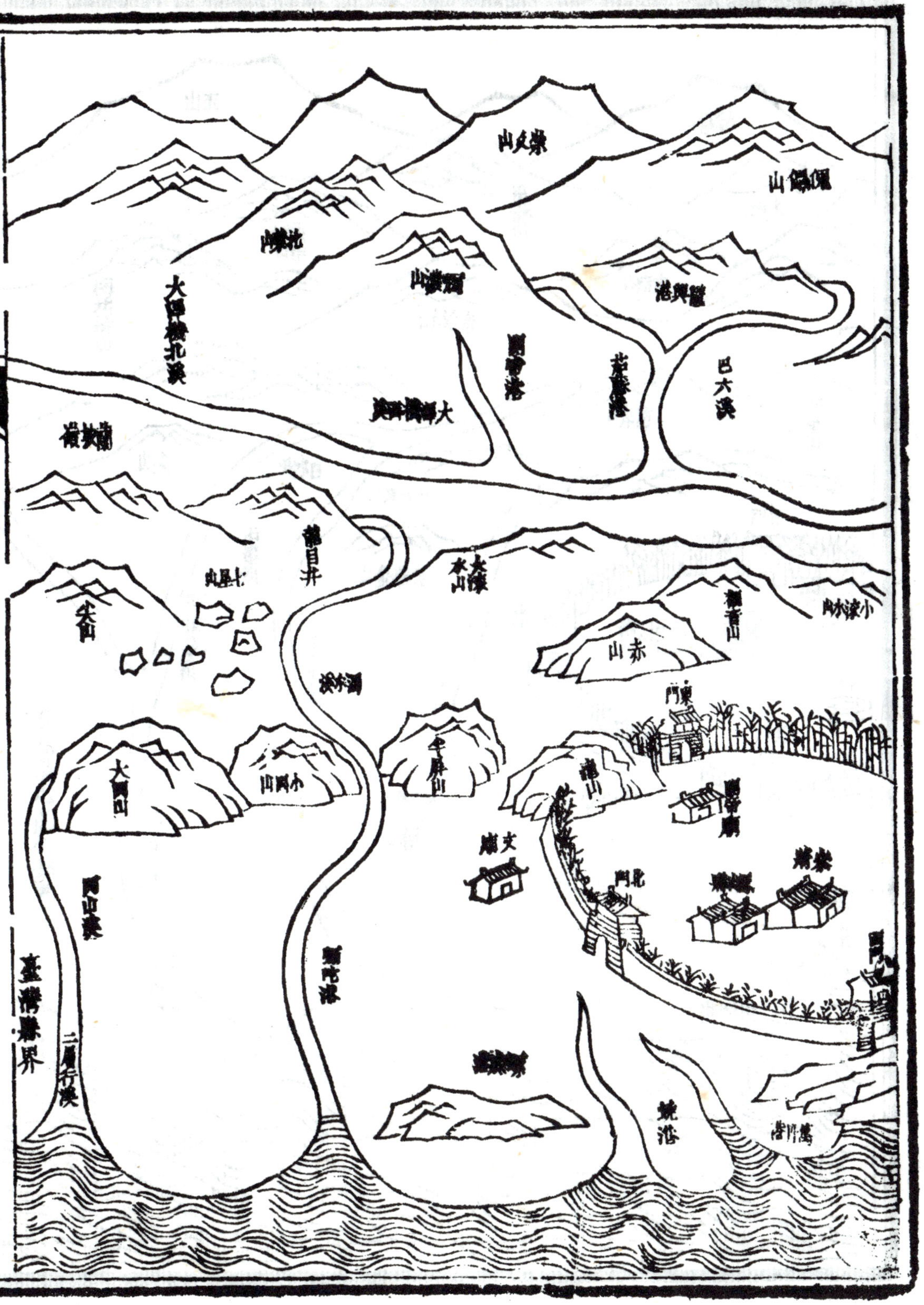
赤山
大岡山
小岡山
文廟
東門
北門
巴六溪
三層行溪
臺灣縣界

大武巒山
大石門山
火山
南門
八掌溪
井水港
鹽水港
急水溪
灣港
冬港
北門嶼
馬沙溝
青峰闕
南鯤身
新港社臺灣縣界

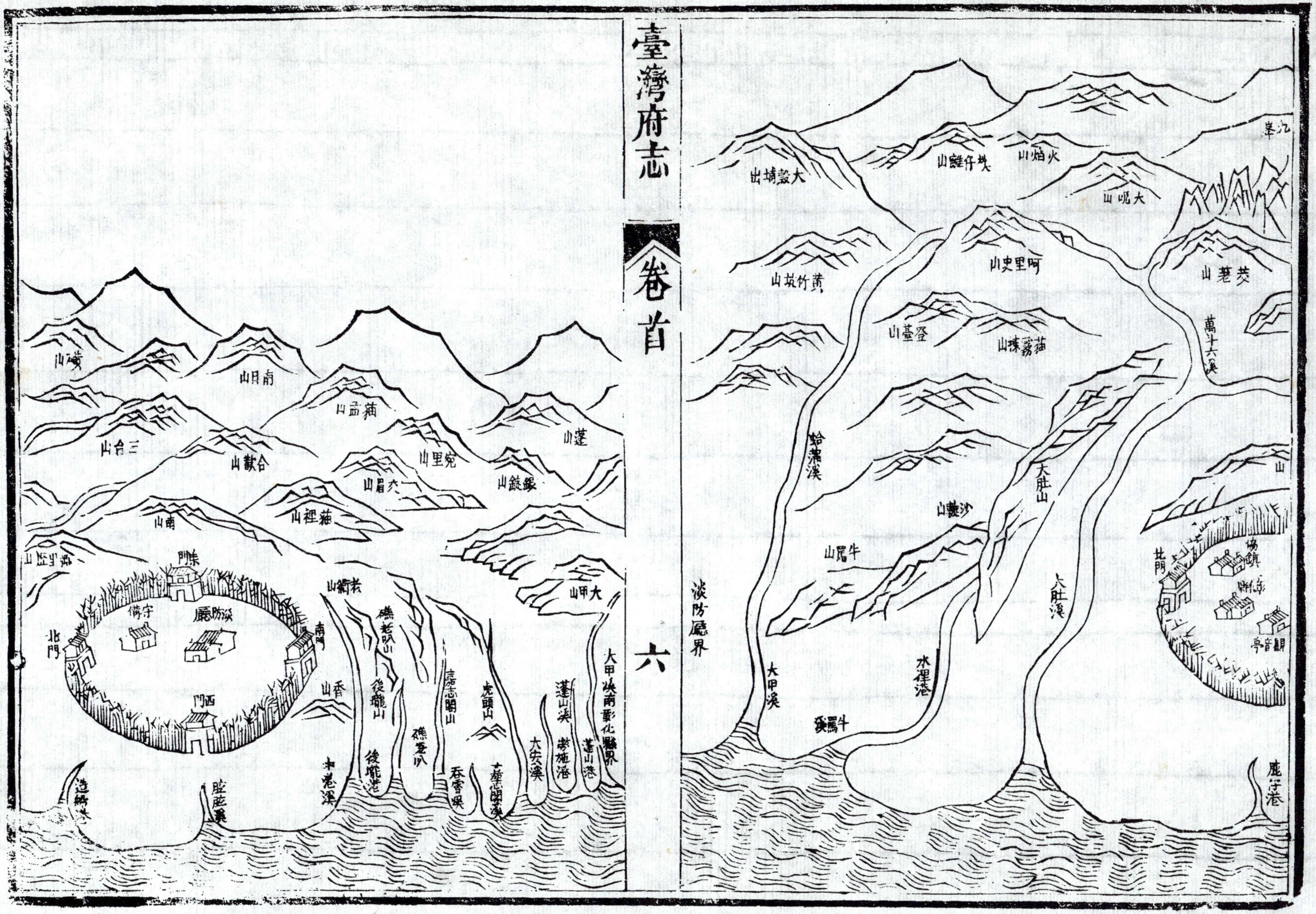
火焰山
阿史里山
黃竹坑山
大肚山
大肚溪
沙轆山
牛罵山
牛罵溪
淡防廳界
大甲溪
水裡港
鹿仔港
北門
觀音亭
萬斗六溪
南日山
三台山
合歡山
南山
東門
西門
南門
北門
淡防廳
香山
後壠山
後壠港
中港溪
虎頭山
吞霄溪
大安溪
蓬山溪
蓬山港
大甲山
大甲溪南彰化縣界

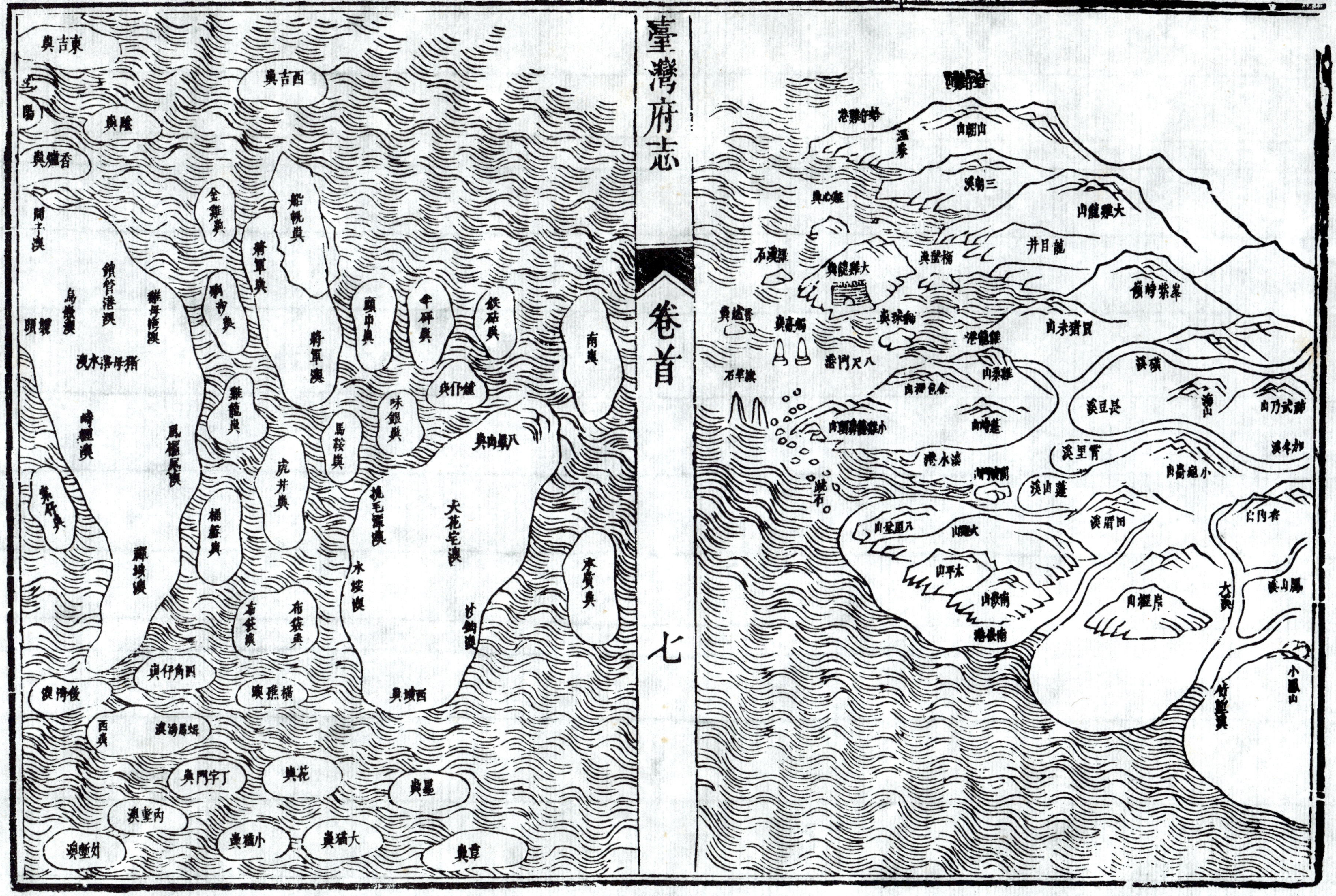
東吉嶼
西吉嶼
香爐嶼
船帆嶼
金雞嶼
將軍嶼
將軍澳
鐵砧嶼
南嶼
味銀嶼
虎井嶼
桶盤嶼
雞籠嶼
布袋嶼
花嶼
大貓嶼
小貓嶼
丁字門嶼
内塹澳
外塹澳
鎖管港澳
大花宅澳
水垵澳
龍目井
大山
太平山
八罩山
小鳳山

廳圖

北崎嶼
大山嶼
吉貝嶼
港尾澳
鎮海嶼
鳥嶼
白沙嶼
太倉嶼
空殼嶼
姑婆嶼
土地公嶼
小門澳
目嶼
通梁港澳
大赤崁澳
小赤崁澳
沙港底澳
牛心灣嶼
大池角澳
小池角澳
大果葉澳
小果葉澳
林投澳
林投嶼

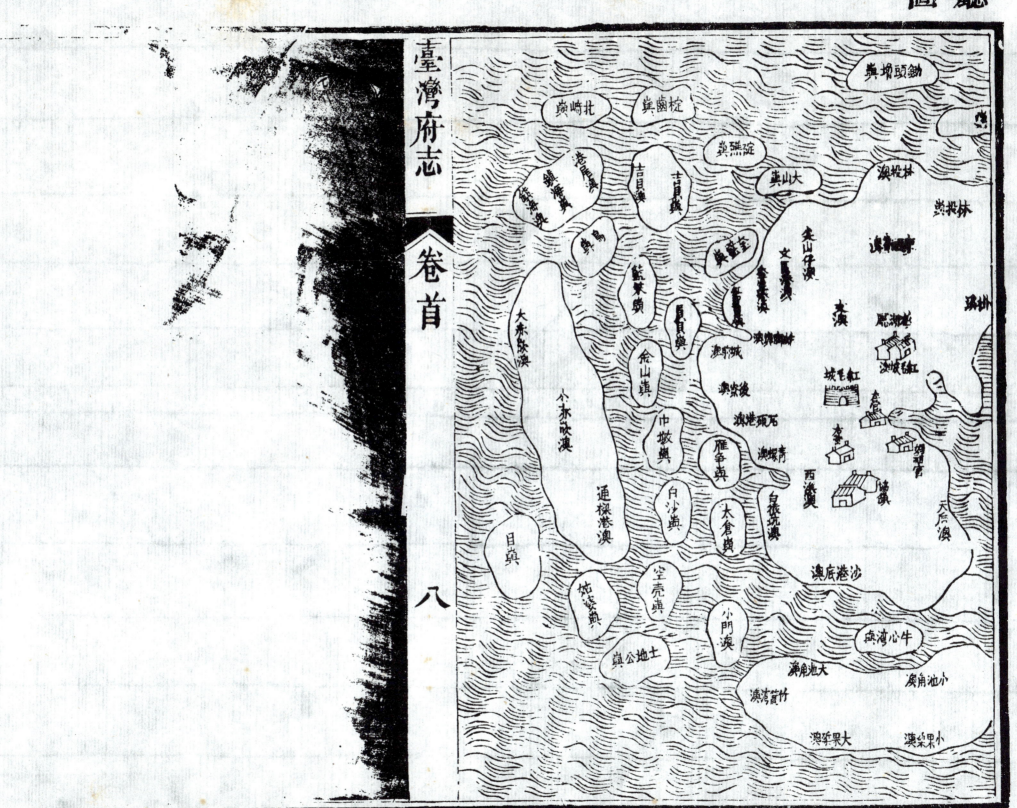

臺灣郡治八景圖

安平晚渡

沙鯤漁火

鹿耳春潮

雞籠積雪

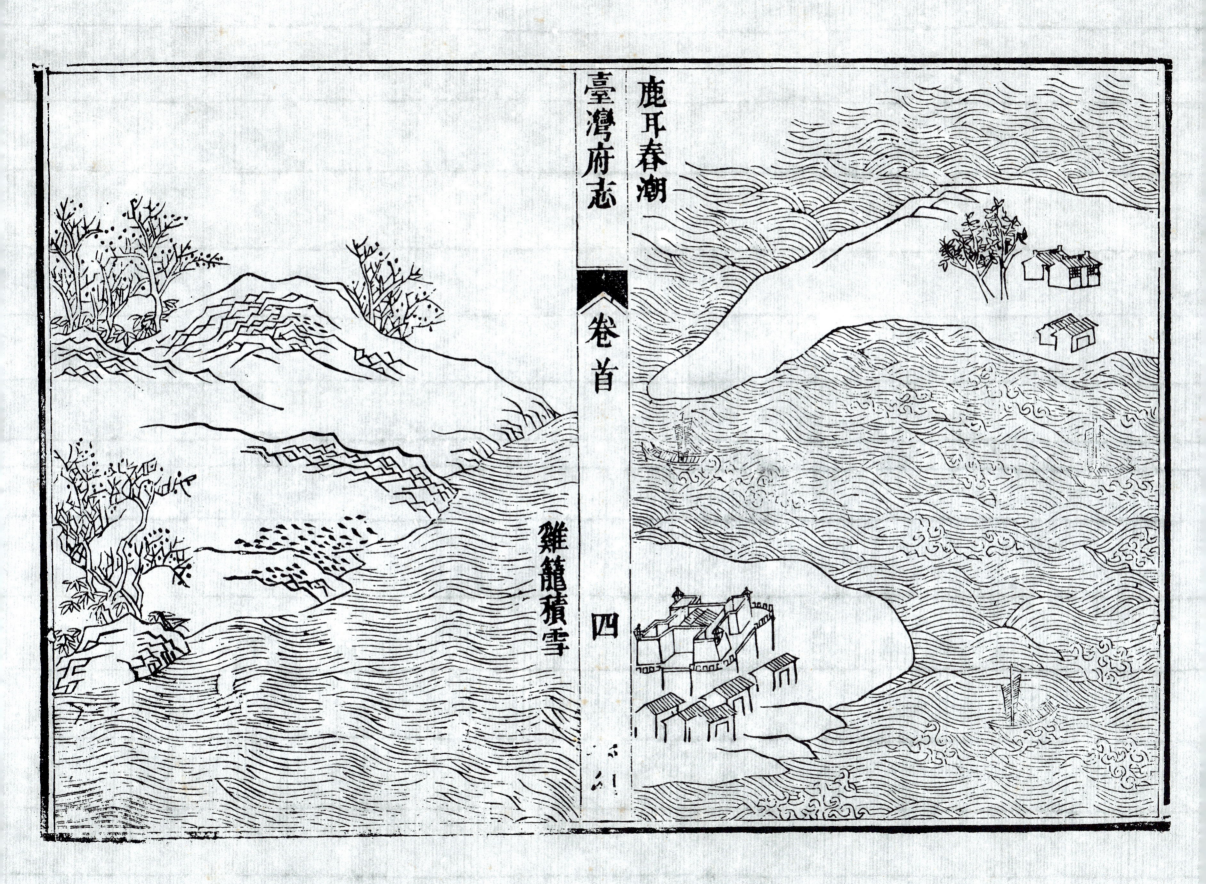

東溟曉日

西嶼落霞

澄臺觀海

斐亭聽濤

續修臺灣府志卷之一

欽命巡視臺灣朝議大夫戶科給事中紀錄三次六十七 同修

欽命巡視臺灣朝議大夫雲南道監察御史加一級紀錄三次范咸

分巡臺灣道兼提督學政覺羅四明 續修

臺灣府知府余文儀 續修

封域 星野 建置 山川 形勝

海外蒼茫島嶼自古未有建郡縣者隋開皇中略澎湖至元末置巡司而北港臺灣前明始見於簡編初爲逋藪繼作倭巢自僞鄭拾荷蘭之遺城市室廬頗近中土迨入

國朝版圖聲教遐訖經營而締造之歷七十年天獻其祥地不愛寶千峰作鎮百川匯流巍然有東南之保障所謂

聖人懷柔及河喬嶽者寧以海外異哉志封域

星野

臺灣禹貢揚州之域天文牛女分野星紀之次

附考

福建天文牛女分野按牛女於辰爲丑銀海之屬星紀之次銀海元武象也星紀吳越分也說者謂臺在泉州之窮南去省會遠矣不宜爲銀海之屬又在漳州之極東去吳越更遠矣不宜爲星紀之次雖曰天覆罔極而至窮荒極東星土不無少異遂有以臺郡分野當在女

虛之交者虛元枵之次在子之辰以臺之稍邇而東遠疑其越次越辰何異坐井之見郎以近事考之明時澎島統於泉泉分野非從省會爲牛女乎則臺依泉爲牛女分自可無疑矣更以近地考之臺海西界於漳南鄰於粵而北則閩安對峙漳分野視閩而粵分野視漳焉有臺之錯壤相接獨不屬之牛女乎唐一行有云星紀當雲漢下流百川歸焉故其分野自南河下窮南紀之曲東南負海爲星紀則臺郡宅東南分野仍屬牛女又與一行之說相符（島上附傳）

閩分野史記天官書前漢天文志皆云屬牽牛婺女之分明一統志謂屬牛女之分劉向蔡邕皇甫謐謂屬牛女斗三星之分魏陳卓云會稽入牛一度閩距會稽實在周天度數一千四百六里之內謂九閩咸隸會稽牛一度或云閩越在南而星紀在北於相配之義未協或云晉史墨以得歲卜越星紀在北而指於南或閩越亦從其所指而言天文志云東南負海爲星紀負海者以其雲漢之陰也通志云疏星野者大都指禹貢維揚而以星紀之次屬之爲會稽域內則閩在東南距揚州三千里已在分度一千四百六里之外況臺則東南負海距廈一十二更水程何止一千餘里哉集諸書之說而折衷其意可耳（舊志）

臺灣海島之地其域不在九州之限按古四譯館因外

彝來貢以外彝分方紀星臺灣原屬島彝其次爲鶉尾其宿爲翼其辰爲巳宋天文志云鶉尾在翼軫之交居南方七宿之末隨南極而半入海呂宋淡水臺灣是也利瑪竇云鶉尾之次於律仲呂岡山分野（臺有大小岡山）爾雅云鶉尾軫翼也郭璞注云軫翼南方之傾地勢之下翼巳之間火星所屬故謂之鶉尾至其分度又往往不同唐開禧起翼二十度宋元會元起翼二十度授時書又起翼二十度

本朝欽天監所定時憲書則止十七度整呂宋居於巽巳入翼十度日本在寅艮入軫八度臺灣背接呂宋右連日本其値翼九度無疑俗以附漳泉分野不知漳泉係丑地牛女之分與巳位無涉故占驗之家概以臺灣

同島彝一體測驗而以里差詳之臺灣爲翼九度諸羅在臺北角木逹服斜插隱見屬翼八度七分之三鳳山在臺南亦同屬翼九度杪牛女星紀約略之見不可從也（諸羅志）

劉向曰吳越屬斗牛女分晉隋元志吳越其辰在丑伊古以來未有非之者而說者曰呂宋居巽巳入翼十度日本在寅艮入軫八度臺灣背接呂宋右連日本其値翼九度無疑夫臺之去呂宋也水道七十更有奇其去日本也水道亦七十更有奇二島不在九州之內荒遠難稽星野實不足據若由臺開棹中流至澎四更爲止

矣由澎至厦七更焉止矣澎舊隸同安星野其能别異乎澎不能别異而謂臺星野其能别異乎且自省會達雞籠水道亦祗七更浮嶼如關童白畎以及旗干石等處似蛛絲馬跡脈絡昭然可尋是鳳山星野當依郡乘從閩省牛女確乎其不可易也倘謂鳳山星野入翼九度諸羅星野入翼八度則同郡之地至差一度而呂宋水道去臺六七千里而遥者反謂其入翼十度舍耳目之近而恃渺茫無據之論未敢以爲信也鳳山志

建置

臺灣府在東南大海中北路淡水直對福州省城南路赤山直對南澳離福建福州府一千二百里陸行自閩縣至泉州同安縣五百四十里水行自厦門至澎湖水程七更

澎湖至鹿耳門水程四更舊志以六十里爲一更計六百六十里按明史自雞籠淡水至福州港口五更可達古荒服地隋開皇中遣虎賁陳稜畧澎湖三十六島元末置巡司明洪武五年徙其居民置漳泉間嘉靖四十二年流寇林道乾掠近海地都督俞大猷征之追至澎湖道乾遁入臺大猷不敢進留偏師駐澎道乾旋遁占城澎之偏師亦罷設巡檢以守澎湖萬歷間海寇顔思齊據有臺灣鄭芝龍附之尋棄去荷蘭取其地因築赤嵌城以居即今安平鎮城本朝順治初鄭芝龍子成功叛據厦門十六年由海道犯江寧敗歸逐荷蘭據之設郡縣成功死傳子經經死傳子克塽康熙二十一年總督姚啓聖謀取臺灣二十二年靖海將軍施琅攻澎湖克之鄭克塽降二十

三年廷議設府一曰臺灣隷福建布政使司領縣三曰臺灣鳳山諸羅（康熙六十一年朱一貴作亂踞府治總督滿保會提督施世驃南澳總兵藍廷珍以七日勦滅）雍正元年增設縣一曰彰化並增設淡水廳五年增設澎湖廳今領四縣二廳

臺灣縣　鳳山縣　諸羅縣　彰化縣

淡水廳　澎湖廳

附考

文獻通考云琉球國在泉州之東有島曰澎湖烟火相望水行五日而至旁有毘舍耶（一作那）國語言不通袒裸盱睢殆非人類喜鐵器臨敵用鏢鏢以繩十餘丈為操縱蓋愛其鐵不忍棄按澎湖東南卽今臺灣其情狀相

似殆卽毘舍耶國也（臺海使槎錄）

臺灣於古無考惟明季莆田周嬰著遠遊編載東番記一篇稱臺灣為臺員蓋南音也然以為古探國疑非是（臺灣隨筆）

臺灣海中番島昔人所謂乾坤東港華嚴婆娑洋世界名為雞籠考其源則琉球之餘種自哈喇分支近通日本遠接呂宋控南澳阻銅山以澎湖為外援明萬歷間海寇顏思齊踞有其地始稱臺灣思齊剽掠海上倚為巢窟臺灣有中國民自思齊始（蓉洲文稿）

門給事中何楷疏臺灣在澎湖島外水路距漳泉約兩日夜其地廣衍高腴可比一大縣中國版圖所不載初

窮民至其處不過規漁獵之利已耳其後見內地兵威不及往往聚而爲盜近則紅夷築城其中與奸民私相互市屹然成大聚落矣（春明夢餘錄）

臺灣古未隸中國版圖明宣德間太監王三保（通志作鄭和）舟下西洋因風泊此嘉靖四十二年林道乾寇亂邊海都督俞大猷逐道乾入臺偵知港道紆迴不敢進留偏師駐澎時哨鹿耳門外道乾以臺非久居所遂恣殺土番取膏血造舟從安平鎮二鯤身隙間遁去古城（占城屬廣南今尚有道乾遺種）道乾既遁澎之駐師亦罷因設巡檢守之尋裁天啓元年漢人顏思齊爲東洋國甲螺（東洋即今日本甲螺即頭目之類）引倭屯於臺鄭芝龍附之尋棄去久之荷蘭紅毛

舟遭颶風飄此愛其地借居於土番不可乃紿之曰得一牛皮地足矣多金不惜遂許之紅毛剪牛皮如縷周圍圈匝已數十丈因築臺灣城居之（今安平城）已復築赤嵌樓與相望設市於城外而漳泉之商賈集焉

國朝順治七年庚寅甲螺郭懷一謀逐紅毛事覺被戮

辛丑鄭芝龍子成功自江南敗歸其勢日蹙孤軍厦門適甲螺何斌負債逃厦誘成功取臺地舟至鹿耳門乘大霧駛進荷蘭歸一王以死拒戰成功告之曰此地先人故物今珍寶聽而載歸地仍還我荷蘭知不敵乃遁去成功遂入據之改臺灣爲安平鎮赤嵌爲承天府總名東都設縣二曰天興曰萬年成功死子經改東都爲

東寧二縣爲二州設安撫司三南北路澎湖各一康熙二十一年福建總督姚啓聖用間諜陰散其黨約僞賓客司傅爲霖爲内應垂成事洩爲霖遇害二十二年水師提督施琅統舟師進征六月由銅山直抵澎湖八罩澳取虎井桶盤嶼戒軍士毋得妄殺軍士苦水鹹島岸突湧甘泉遂無渴患一戰而澎湖平克塽震慴遂籍府庫納地歸誠舊志

隋開皇中常遣虎賁陳稜畧澎湖地其嶼屹立巨浸中環島三十有六如排衙居民以苫茅爲廬舍推年大者爲長以畋漁爲業地宜牧牛羊散食山谷間各剺耳爲記海防考

洪武五年湯信國經畧海上以澎湖島民叛服難信議徙近郭二十一年盡徙與民廢巡司而墟其地繼而不逞者潛聚其中倭奴往來停泊取水亦必經此嘉隆以後海寇曾一本等屢嘯聚爲寇赤嵌筆談

澎湖一名彭蠡湖樵書二編

明嘉靖四十二年都督俞大猷留偏師駐防澎湖尋罷仍設巡檢司後並裁至萬歷二十年後增設澎湖遊兵三十五年設衝鋒遊兵以備倭天啓二年紅毛據澎湖四年巡撫南居益遣總兵俞咨皋擒其渠帥獻俘於朝

按萬歷末紅毛據臺灣築城至是復築城於澎湖皆求互市也○漳州府志

山川

臺灣府

臺郡負山面海　臺山自福省五虎門蜿蜒渡海東至大洋中二山曰關潼曰白畎是臺灣諸山之龍起處（使槎録云此為郡治祖山）隱伏波濤穿海渡洋至臺之雞籠山始結一腦硓𥑮繚繞千餘里或山谷或平地諸山屹峙不可紀極大約臺山背東濵面西海而郡邑居其中　木岡山為郡之少祖（臺地祖山自福州渡海從北而來而郡治又近南故以木岡山為少祖）在府治東北長一百三十餘里巍峨特聳其頂每有雲霧大氣清則見山南三十餘里為臺灣縣治　自木岡山南至沙馬磯頭山在府治西南四百六十里其西盡大海其東北為鳳山縣治　自木岡山北至玉案山其西北三

十里為諸羅縣治　自玉案山北至大武郡山其西北四十里為彰化縣治　自大武郡山北至雞籠鼻頭山在府治東北六百三十里其北盡大海其西南三百五十里為淡水廳治　大海環繞臺郡為閩省外障其山皆向內地北路之後壠港與興化南日對峙後壠而上有竹塹與海壇對峙竹塹而上有南嵌社與福州閩安鎮關潼對峙自南嵌至上淡水與北茭相望淡水至雞籠城與沙埕烽火門相望南路鳳山縣之彌陀港萬丹港岐後港東港茄藤港則與漳州之古螺銅山懸鐘等處相望順風時駕駛針路皆以卯酉為方向不用斜轉惟鹿耳門居府治之西北澎湖又居鹿耳門之西北與

泉州府同安縣之厦門東南斜對針路以巽乾爲方向

澎湖憑山環海有五十與巨細相間坡隴相望迴環五十

五澳

澎湖諸島皆平岡無峰巒舟行稍遠輒伏而不見漸近時

登鷄首高處憑眺恍惚天際微雲一抹

臺灣縣 木岡山在縣治東北二十三里蒼翠蜿蜒聳峙雲端爲邑少祖山 卓猴山在縣治東北三十里 番子湖大山在縣治東北五十三里拔地而起與木岡山相聯屬 柳林山在縣治東北五十五里列阜如屛延亘綿邈 大烏山在縣治東北里與番仔湖大山相聯屬 南子仙山在縣治東北十里 目猫嶽山在縣治東六十五里 東方木山在縣治東六十五里內多曠土以近生番禁止開墾 旗尾山在縣治東六十五里與鳳山縣接界 銀錠山在縣治東六十里二山相對形似名 羅漢門山在縣治東六十里四山環繞有內門外門

小烏山在縣治東五十五里 分水山在縣治東五十里 上樓山卽大坪山在縣治東四十里 角帶圍山在縣治東南二十六里過此則屬鳳山縣 猴洞山在縣治東南三十五里 香洋山在縣治東南四十三里嶕嶢絡繹若離平疇 猪母耳山在縣治東南五十八里低小若邱陵然 湖內山在縣治東南六十里山勢與猪母耳若遠若近若合若離 虎頭山在縣治東三十五里 嵌頂山在縣治東七里 魁斗山在縣治南里三峰陡起狀若三台環拱郡學形家謂爲文明之兆 大崎越嶺在縣治東六十二里 內門嶺在縣治東六十里 雁門關嶺在縣治東五十里 七鯤身在縣治西南十里一鯤身與安平鎮接壤自七鯤身至此山勢相聯如貫珠不斷不密雖在海中泉甘勝于他處多居民距里許爲二鯤身有居民再里許爲三鯤身又里許爲四鯤身又里許爲五鯤身又里許爲六鯤身又里許爲七鯤身自打鼓山下起七峯宛若堆阜風濤鼓盪不崩不蝕多生荆棘望之鬱然蒼翠外爲大海內爲大港採捕之人多居之赤嵌筆談云康熙辛丑我師與賊戰於鯤身正值炎歊隨地掘尺餘皆甘泉 鹿耳門在縣治西水程二十里水中浮沙突起若

隱若現形如鹿耳鎮鎖水口港道窄隘行船者以竹插標記之名爲盪纓

北線尾在縣治西北一十二里與鹿耳門接壤其南即安平鎮中一港名大港紅毛時水深夾板可入今淤淺

海翁線在縣治西北一十二里海洋中浮長沙線一條自南港口起至淡水海外止不知其幾千里其南有一港港口大澳甚深號海翁窟土名隙子洋船多泊此候潮

臺江在縣治西門外大海由鹿耳門入各山溪之水滙聚于此南至七鯤身北至蕭壠茅港尾舊志不載今據沈文開輿地圖考增入

二贊行溪在縣治南二十里合岡山紅毛寮一溪由喜樹港入海臺鳳分界處溪北屬臺灣溪南屬鳳山

分水溪在縣治東里源出分水山經水蛙潭南流至羅漢門受石門坑水滙爲長潭清瑩可鑑

岡山溪在縣治東南三十里源出大岡山後臺鳳二邑交界

紅毛寮溪在縣治東三十里源出深溝

咬狗溪在縣治東二十五里源發湖內山下流爲許寬溪

許寬溪在縣治東一十五里由咬狗溪流入鯽魚潭會蔦松溪

卓猴溪在縣治東三十里發源於卓猴後山合洋子港之水會於蔦松溪

大目降溪在縣治東北三十里有南溪中溪合咬狗溪鯽魚潭逕蔦松溪入海

蔦松溪在縣治北一十里咬狗溪大目降溪卓猴溪合洋子港之水並滙於此

新港溪在縣治北一十五里通木岡山溪南出大目降西過廣儲西里又西至武定里洲仔尾滙新港西入海臺諸分界處溪南屬臺灣溪北屬諸羅

德慶溪俗呼坑仔底源出小東門

福安坑在縣治南源出小南門

大橋港在縣治北五里

小橋港在縣治北一十里與大橋港合流

加老灣港在縣治西北一十五里鹿耳門之北沙線一條灣曲不堪泊巨舟其西南爲大洋

隙子港在縣治西北水程三十五里鹿耳門外之北北風時可泊巨舟百餘艘南風不可泊外爲大洋

安平鎮港在縣治西一十五里潮汐與鹿耳門七鯤身相聯北至洲子尾受新港溪流西至瀨口受岡山溪流港內寬衍可泊千艘

喜樹港在縣治西南一十里二贊行溪下流

深溝在縣治東四十里俗名深坑子源出角帶圍內山其水淺而長流

石頭溝在縣治北三里許俗名石頭坑無水源受衆流經海會寺過大橋出柴頭港入海

鯽魚潭在縣治東北一十里

大井在西定坊來臺之人在此登岸名曰大井頭開闢以來生聚日繁商賈日盛塡海爲宅市肆紛錯舊志云開鑿莫知年代相傳明宣德間太監王三保到臺曾於此井取水又傳係紅毛所濬紅毛築赤

嶮城恐有火患鑿此井以制之

烏鬼井在鎮北坊紅毛所鑿水源甚盛大旱不竭南北商船悉於此取水以供日用

鳳山縣

鳳山在縣治南三十里橫列邑治東南形若飛鳳旁有二小峯如翅故名東北有數小峯錯落如鳳卵曰鳳彈山文廟案山也西南小崙形如鳳鼻曰鳳鼻山又邑治之拱對案山也

小滾水山在縣治南三十五里與大滾水山相聯離十里許

瑯嶠山在縣治南二百四十里綿亘蜈蜞嶺左山高而險下有生番

朝華離山在縣治南二百七十里

網翠山在縣治南二百八十里

小琉球山在縣治南一百里大海中突起一峯蒼鬱葱翠周圍三十餘里中無人居多產竹木椰子下多巉巖巨石船灣泊甚難爲鳳山水口

卑南覔山在縣治南二百二十里與崇爻山相聯

沙馬磯頭山在縣治南三百七十里龍從磅礴直抵海中呂宋往來船皆以此山爲指南

老佛山在縣治南三百八十里與網翠山兩峯並峙皆自沙馬磯迴轉而東

觀音山在縣治東南十五里起伏盤曲中一峯屹立若菩薩端坐衆小峯拱峙於側故名

大龜文山在縣治東南七十里與卑南覔山相連

芋匏山在縣治東南七十里與諸邑內優山連界

大烏萬山在縣治東南二百七十里自朝華離至此山皆背立於傀儡山後與網翠老佛山連絡

大柴高山在縣治東南三百里

霄馬干山在縣治東南三百三十里

赤山在縣治東十里由鳳山過淡水溪陂陁平衍時有火出其上又有自鳳彈而聯於東北者亦名曰赤山以土色赤故名

傀儡山在縣治東六十里聳出重霄常帶雲霧上爲野番所居人跡罕到內地舟至澎湖即見此山南爲蜈蜞嶺過嶺爲山後矣

崇爻山在傀儡山後不知道里遠近

彌濃山在縣治東七十里

北葉山在縣治東八十里傀儡山之分支也

大滾水山在縣治東北二十里

七星山在縣治東北三十里聯絡於觀音山之北七峯上石圓密如星

尖山在縣治東北三十五里孤峯秀削勢若玉筍故名

半屏山在縣治北七里自岡山迤邐而南近附邑治形如列屏故名

龜山在縣治左近接半屏山中多喬木蘩陰密蔭

小岡山在縣治北三十里

大岡山在縣治北三十五里與小岡山相聯不甚高大岡在北小岡在南兩相對峙小岡山頭有巨石圓秀如冠爲紗帽石內地舟來臺過澎湖東即見大岡山與臺

灣猴洞諸山諸羅南馬仙山相接處也漯底山在縣治西北一十五里平原曠野中浮一邱頂寛平有小竅出水若霖雨泥淖其深無底打鼓山在縣治西南七里俗呼為打狗山秀起海邊勢若長蛇故又名蛇山在邑治右濶海參差遠近浮沉而列於打鼓山左右者西有石佛石佛之北有石塔石佛之南有凉傘礁舟人經此必鳴金焚紙錢旗後山在縣治西南十二里蘭坡嶺在縣北三十里蜈蜞嶺在縣治南三十里石塔嶼在縣治西七里石佛嶼在縣治西十里涼傘嶼在縣治西十五里三嶼皆屹立海中巴六溪在縣治東南五十里源發於山猪毛後山其下為淡水溪淡水溪在縣治東南三十里源從巴六溪來過大澤機社搭樓社阿猴社受巴六溪之水西出而為西溪縈迴數十里與赤山之冷水溝合流入海濁水溪在縣治東北三十里源出大滾水山水出常濁故溪流亦濁南合小岡山之水受鰤魚潭流會彌陀港入海大澤機西溪在縣治東北四十二里源從大澤機西南山出北過搭樓社東與北溪合轉而西北流入阿猴溪西為淡水溪會於東港入海大澤機北溪在縣治東北四十五里源從大澤機內山北出羅漢門社南西流至搭樓社東轉而西北與阿

猴溪合西為淡水溪會於東港入海岡山溪在縣治北三十五里源出大岡山北西流過嘉祥里依仁里為二贊行溪經長治里合喜樹港入於海力力溪在縣治西六十里其源發於東南大山會東港入海放縤溪在縣治西七十里源出於東南大山經放縤社會關帝港茄藤港西出為鼈興港入海東港在縣治東南三十里中港在縣治東南五十里潮過赤山北轉而東過上淡水南受下淡水雜流入海關帝港在縣治東五十里茄藤港在縣治東五十里向係內海可通舟楫乾隆十三年經里民脩濬自府港直達縣治之彌陀港民甚便之嗣為港邊磅裏相美二塭奸民藉端抽稅互相爭控因而禁塞販運悉由外洋多有不測乾隆二十四年知府覺羅四明檄委臺灣知縣夏瑚鳳山知縣秦其煟會勘捐俸疏濬仍通舟楫並飭二縣每歲秋季挑挖一次以免壅塞鼈興港在縣治東六十里蟯港在縣治西北十五里彌陀港在縣治西北二十里水逐大海出入萬丹港在縣治西十里其北為竹仔港再北為蟯港打鼓港在縣治西南七里港口有巨石劈分水門成南北二支南入為前鎮港又入為鳳山港北入為硫磺港冷水港在縣治東南四十五里俗名冷水坑淡水溪會於此

湯泉有二一在下淡水社源出赤山水流如湯亦無定處一在大滾水山山不甚高其上冀湧出泉而溫故名相去十餘里 龍目井在阿猴林內竹仔寮為小竹橋觀音山二莊交界兩井相連狀如龍目故名相傳沉痾者飲其水即愈

諸羅山 大武巒山在縣治後東南人跡罕到為邑主山 消離山在縣治東南八十五里 鹿馭山在縣治東南一百里 虎頭山在縣治東南九十五里 內加拔山在縣治東南一百里 琅包山在縣治東南一百里 烏山在縣治東南一百一十里 東西烟山在縣治東南一百里 畚米基山在縣治東南一百二十里亦邑治左肴外輔 玉案山在縣治東南三十里山勢東折而南繚曲向北亦邑治左臂位踞離明為學宮對山 大石門山在縣治東南三十里 小石門山在縣治東南三十五里 大武壠山在縣治東南六十里 火山在縣治東南二十五里山多石石隙泉湧火出水中 嵌頭山在縣治東南四十里 皂羅袍山在縣治東南一百八十里人跡罕到 筆架山在縣治東南九十里 翁仔上天山在縣治東

南八十里山極峻險暨春挺步如老翁扶筇天際 糞箕湖山在縣治東南三十里 小龜佛山在縣治東南四十里 赤山在縣治東南五十里 枋岸山在縣治東十五里 鹿楮山在縣治東六十里 大利山在縣治東六十里 鹿埔山在縣治東六十五里與鹿楮大利山俱為邑治右肴外輔 阿里山在縣治東十里極遼濶內有八社 大龜佛山在縣治東三十一里為邑治左肴 大武肯山在縣治東一百二十里 馬椆山在縣治東南二十里五 步練山在縣治東南八十里 玉山在縣治東北大武巒山之後障也人跡罕至三峰並列終歲雪封如紗籠香篆冬日晴明乃得見有頃則雲霧復合矣見時非風即雨甚驗 大福興山在縣治東北十里一名大目根山 覆鼎金山在縣治東北十里與大福興山俱為邑治右有 大葉林山在縣治東北七十里與大武巒山相接自東旋北為邑治右有 鼎蓋樑山在縣治東北六十里 梅坑山在縣治東北四十里 奇冷岸山在縣治東北五十里 尖山子山在縣治東北四十里 牛朝山在縣治西北十里為邑治作護沙其下復自右旋左蜿伏于草地尾有小山迎於水口為

邑治鎖鑰

半月嶺 在縣治東南十五里高聳天際形似上弦之月故名

荷包嶼 在縣治西三十里

北門嶼 在縣治西南五十里沙馬溝之右

南北鯤身 在縣治西南七十里皆沙阜坵聚與七鯤身同

青鯤身 在縣治西南八十五里面臨大海

青峰闕 在縣治西南八十五里面臨大海

八掌溪 在縣治南二十里源發玉山西入冬港南由青峰闕入海

上下急水溪 在縣治南四十里源發開仔嶺內山由內連枋口入海

嘓溪 在縣治南三十里源發大武壠山十八重溪北匯於蚊港入海

灣裏溪 在縣治南七十里源出噍吧哖社內山南過大武壠山合卓猴山之流逕石仔瀨過赤山出歐汪溪入海

新港溪 在縣治南八十里源出木岡山流逕洲仔尾入海溪南為臺灣界溪北為諸羅界

加拔溪 在縣治東南六十里

白水溪 在縣治東北二十五里源發玉案山

三疊溪 在縣治北二十里發源阿里山南歷雙溪口莊之南為笨港由檨仔寮莊入海

石龜溪 在縣治北二十五里發源奇冷岸山歷他里霧莊至雙溪口與三疊溪合

阿拔泉溪 在縣治北三十里源出阿里山過竹脚寮山為阿拔泉渡西合虎尾溪入于海

虎尾溪 在縣治北六十五里源出水沙連內山過水沙連社合貓丹社之濁流西過黃地崙布嶼出白沙墩之北至臺仔挖入海溪南屬諸羅界溪北屬彰化界水濁而迅泥沙滾滾人馬牛車渡此疾行稍緩則有沒腹埋輪之患夏秋水漲有竟月不能渡者

牛朝溪 在縣治西五里發源大武巒山歷大福興山為龜仔港又西至猴樹港南出青峰闕入海

九重溪 在縣治西南五十里

十八重溪 在縣治西南六十里有橋

歐汪溪 在縣治西南八十里

鐵線橋港 在縣治南五十里倒風港分入有橋

洋子港 在縣治南源出新港之南東入為洋子港新港之北東入為灣港竿寮港直加弄港西港子含西港含西之支分為卓加港西南入於海

茅港尾港 在縣治南六十里有橋

土地公港 在縣治西北三十五里

笨港 在縣治西三十里由三疊溪分入

冬港 在縣治西三十五里

猴樹港 在縣治西南三十里源從牛朝溪入南出青峰闕入海

鹽水港 在縣治西南四十里山冬港東入

井水港 在縣治西南四十里鹽水港分支於北為是港

蚊港 在縣治西南六十里西面臨海從青鯤身歷南北鯤身東旋青峰闕為蚊港

倒風港 在縣治西南六十里分三支北為鐵線橋港南為茅港尾港西南為麻豆港麻豆南曰灣

裏溪龜子港在縣治西南六十里由猴樹港東入灣港在縣治西南七十五里荁加弄
港在縣治西南八十五里西港在縣治西南八十五里竿寮港在縣治西南八十五里
含西港在縣治西南八十五里卓加港在縣治西南八十五里含西港之支也西南為大海
馬沙溝在縣治西南八十五里西臨大海溫泉在玉山下有土番至者云於山深處得之泉上湧氣
蒸騰如沸凡數處紅毛井在縣署左鑿自荷蘭因名方廣六尺深二丈許泉甘洌于他井相傳居民
汲飲是井則不犯疲癘今更名蘭井為邑治八景之一

彰化縣

大武郡山在縣治東南四十里由牛相觸分內支右出橫亘二十餘里結縣治
木栅山在縣治東南六十里牛相觸山在縣治東南六十五里南北兩峯由水沙連分支如
牛奮角相觸中隔一溪溪南為諸羅斗六門界溪北為彰化大武郡山界阿拔泉山在縣治東南六
十五里山麓之水發源阿里山西北經竹腳寮山西轉即為諸羅之阿拔泉渡太平頂山在縣治東
南四十里燕霧山在縣治東南十五里白沙墩山在縣治東南七里南投山在縣

治東四十里北投山在縣治東五十里萬丹山在縣治東五十里竹腳寮山
在縣治東七十里內有埔漢人耕種其中茭荖山在縣治東四十五里方言茭荖竹器也因山形以名
大吼山在縣治東四十五里九十九峯下虎仔坑山在縣治東五十里左連八娘坑山外
觸口山內觸口山在縣治東南六十五里清水濁水二溪逕此會合西出北連集集山八仙山風
爐山南連清水溝山牛穩格山猪母勝山水沙連山在縣治東九十里內有大湖四面皆山共二十
四番社隔湖負山而居路極峻險內南港有央山木扣山卓咯山丹山頭圍山二圍山木武郡山北港有貓裏
眉山致霧山蘇骨山樸仔籬山在縣治東九十里寮望山在縣治東三里大武郡山之北
廣漠平沙孤峯秀出其下為半線營壘北為貓羅社貓羅山在縣治東二十五里與諸羅玉案山南北
斜照火燄山在縣治東七十里夾貓羅貓霧拺二山之東阿里史山在縣治東北四十五
里登臺山在縣治東北四十五里大穀埔山在縣治東北七十里黃竹坑山
在縣治東北五十里貓霧拺山在縣治東北三十里有曠埔漢人耕種其中大肚山在縣

治北十七里與寮望山對峙山後爲蕭霧揀社護彰化縣治沙轆山在縣治北三十五里牛罵山在縣治北四十五里岸裏山在縣治北里九十九峯在縣治東七十里玉筍瑤簪排空無際亘加連嶼在縣治東南九十里東螺溪在縣治南四十里分自虎尾溪北拆而西過馬辰樹仔脚猫兒干滙於海豐港入海遵海而北爲三林港西螺溪在縣治南五十里猫羅溪在縣治東北二十里由萬斗六溪入會於大肚溪清水溪濁水溪二溪並在縣治東南六十里源出水沙連內山兩支齊下猪爲大湖滙虎尾東西螺諸溪入海萬丹溪在縣治東五十里源出內山西滙爲葫蘆肚逕城頭坑會萬斗六溪萬斗六溪在縣治東北二十里發源於火燄山後流入猫羅溪大肚溪在縣治北十里溪濶水險源發南投山過北投猫羅社柴坑仔社北合水沙連九十九峯之流爲草港入海草港之北爲水裏溪蛤薅溪在縣治北四十五里即大甲溪中條淡彰交界處牛罵溪在縣治北四十五里大甲溪在縣治北四十里溪面甚濶險於大肚源發岸裏社內山過樸仔籬山南分於牛罵溪西入海海豐港在縣治南六十里海汊商船到此載芝蔴粟豆鹿子港在縣治西十五里港口有水柵可容六七十八冬日摘取烏魚商船到此載芝蔴粟豆三林港在縣治西南四十里海汊港口有網寮捕魚商船到此載芝蔴粟豆港水入至二林社止水裏港在縣治北二十里海汊小港

淡水廳

香山在廳治南十里嘉志閣山在廳治南六十里老衢山在廳治南十五里大甲山在廳治南一百里後壠山在廳治南四十五里蓬山在廳治東南一百里銀錠山在廳治東南九十六里象形舊名鐵砧宛里山在廳治東南八十五里南日山在廳治東南九十四里猫盂山在廳治東南九十里礁荖叭山在廳治東南五十五里亦名打那拔山小峯錯落近海在宛裏山北猫裏山在廳治東南六十里交眉山在廳治東南七十里生番所居合歡山在廳治東南六十里生番所居南山在廳治東十里三台山在廳治東八十里生番所居磺山在廳治東一百八十里其土生硫故名內有雞柔山外爲北投社西極港口循港而東爲關渡門稗海記遊云問番人硫土所產指茅廬後山麓間明日坐蟒甲中命二番兒

操楫緣溪入溪盡爲內北投社呼社人爲導轉東行半里入茅棘中勁茅高丈餘兩手排之側體而入炎日薄茅上暑氣蒸鬱覺悶甚草下一逕逶迤僅容蛇伏從者五步之內已各不相見慮或相失各聽呼應聲爲近遠約行二三里渡兩小溪皆履而涉復入深林中林木蓊翳大小不可辨名老藤纏結其上若虬龍環繞風過葉落有大如掌者樹上禽聲萬變耳所創聞目不得覩其狀涼風襲肌幾忘炎暑復越峻坂五六值大溪溪廣四丈水潺潺巉石間與石皆作藍靛色導人謂此水源出硫穴下是沸泉也余以一指試之猶熱甚扶杖躡巉石渡更進二三里林木忽斷始見前山又陟一小巔覺履底漸熱視草色萎黃無生意望前山半麓白氣縷縷如山雲乍吐搖曳青嶂間導人指曰是硫穴也風至硫氣甚惡更進半里草木不生地熱如炙左右兩山多巨石爲硫氣所觸剝蝕如粉白氣五十餘道皆從地底騰激而出沸珠噴濺出地尺許余攬衣即穴傍視之聞怒雷震蕩地底而驚濤與沸鼎聲間之地復岌岌欲動令人心悸蓋周廣百畝間實一大沸鑊余身乃行鑊蓋上所賴以不陷者熱氣鼓之耳右傍巨石間一穴獨大思巨石無陷理乃即石上俯瞰之穴中毒燄撲人目不能視觸腦欲裂急退百步乃止左傍一溪聲如倒峽即沸泉所出源也還就深林小憩循舊路還衣染硫氣累日

不散

小龜崙山在廳治東北一百里

祐武乃山在廳治東北一百里山極高大並合歡山障南日諸山之後龍從盤礴遥接關渡門諸社及查內山

查內山在廳治東北五十里生番所居

大鷄籠山在廳治東北二百五十里大海中一望巍然日本洋船以爲指南

柳里歷山在廳治東北三十五里

蛤子難山在廳治東北五百里

關渡門山在廳治東北一百六十里

海山在廳治東北一百五十五里

篷峙山在廳治東北一百八十里

雞柔山在廳治東北一百八十五里

小鳳山在廳治北十里路多崎嶇爲廳治右臂

岸裏山在廳治北五十五里山險深峻內有新附五社

南嵌山在廳治北一百里

太平山在廳治北一百四十里

大遯山在廳治北一百六十五里小雞籠蜿蜒而南矗起屹立於淡水港東北即奇獨龜崙山也勢趨內山烟霏霧靄峯巒不可枚舉諸山起祖於此

八里坌山在廳治北一百八十里自關渡門穿港而西雄偉傑出於淡水港東南是爲東南之鎮山

小雞籠鼻頭山在廳治北二百一十里山下有石中空如門爲石門

金包裏山在廳治北二百二十五里

山朝山在廳治北五百三十五里

自雞籠山分支東渡八尺門港雙峯逕峙高不可極山南爲蛤仔難三十六社生番所居人跡罕到

虎頭山一名倒旗山在廳治西南七十里

買猪末山在廳治東北二百一十里

峯紫峙嶺在廳治東北二百三十五里

大雞籠嶼在廳治東北二百五十里城與社皆在西而又有福州街舊址爲鄭與日本交易處上建石城郎郡城八景之雞籠積雪也臺地無霜雪獨此嶼極北寒甚冬有積雪今設汛防其地以在大海中欲至其地必先舉烽火社番駛艋舺以渡

獅毬嶼在廳治東北二百四十里濱海有大山如獅小山如毬又名爲半月沉江與峯紫峙嶺北連界

桶盤嶼在廳治東北二百五十八里屹立海中離大雞籠水程八里此處可泊巨艦

燭臺嶼在廳治東北二百六十里海中

香爐嶼在廳治東北二百六十五里海中

雞心嶼在廳治東北二百八十里形如雞心

旗竿石在廳治東北二百七十里兩石對峙海而北燭臺更高離大雞籠西北水程二十里

羅漢石在廳治東北二百八十里或立或欹形狀奇古

跳石在廳治東北二百八十五里亂石壘於水面自八里坌至大雞籠城跳石而行計長四十五里惟土番能之

中港溪在廳治南三十里源發合歡大山流於嘉志閣之北出中港社西入於海

後壠溪在廳治南四十五里源發貓裏山過嘉志閣社之西爲後壠港入海

嘉志閣溪在廳治南六十里

礁荖叭溪在廳治南五十五里源發祐武乃山出南日礁荖叭二山之南爲礁荖叭港西入於海

大安溪在廳治南九十二里險如大甲溪而較狹夏秋水漲必待水落遶海而行源發水沙連內山北過岸裏南日一山支分於南日社之後者日房裏溪支分於銀錠山之北者曰貓盂溪西滙於雙寮海口而入於海

蓬山溪在廳治南一百一十里分自大甲溪西北過蓬山又西爲港入海

鳳山溪在廳治東北十里源發查內山西流於小鳳山埔人於海

霄裏溪在廳治東北九十五里

田厝溪在廳治東北一百一十里

茄冬溪在廳治東北九十里

長豆溪在廳治東北一百四十里源發八里坌山南西入於海八里坌山之北爲淡水港

山朝溪在廳治東北三百五十五里八尺門之南東爲大海

竹塹溪在廳治北十五里潮過竹塹社受眩眩山水又東行受查內山水西入海

大溪在廳治北五十里源發自查內山北又源發於合歡山者咬吧里溪田厝溪茄冬溪合北內山之流爲霄裏溪過小雞嵛山滙於南崁社爲南崁港西入於海自大溪以下五溪水

底皆石**磺溪**在廳治北一百八十五里源發磺山內過內北投出關渡門入於海東北為雞籠港港以
東為八尺門港**眩眩溪**在廳治西五里源發眩眩內山合隣仔叭茇山之流為竹塹溪西出為港入於
海**吞霄溪**在廳治西南七十里源發南日山西出倒旗山之前入海**中港**在廳治南三十里
勞施港在廳治南一百里臺屬小商船往來貿易**蓬山港**在廳治南一百三十里由蓬山溪逕
此入港口多石商船到北載芝蔴**蛤仔難港**在廳治東北五百五十里有二合諸山灘流與海潮
滙蛤子灘三十六社散處於港之左右**淡水港**在廳治北二百里海口水程十里至關渡門內有大
灣分為二港西南至擺接社止東北至峯紫峙止番民往來俱用蟒甲壙內可泊大舟數百內地商船間亦到
此**八尺門港**在廳治北二百二十里雞籠港之東隔港為山朝黑沙晃諸山**雞籠港**在廳
治北二百五十里三面皆山獨北面瀕海港口又有雞籠桶盤二嶼包裹周密可泊商船**造船港**在廳
治西北十五里**南嵌港**在廳治西北一百三十里自竹塹至南嵌俗云九十九溪內多一溪十數彎拆
者潮過小鳳山至南崁社南受查內山水東受關渡門水西入海**溫泉**在山朝山內**龍目井**

在大雞籠山之麓下臨大海四周斥鹵泉湧如珠漬地而起獨甘冽冠於全臺不知開自何時大約荷蘭所濬
也

澎湖廳　**虎井嶼**在廳治南水程二十里**雞籠嶼**在廳治南水程八里**桶盤嶼**
在廳治南水程十二里**金雞嶼**在廳治南水程五十里**南嶼**在廳治南水程一百里亦稱大
嶼**布袋嶼**在廳治南水程五十里**八罩山嶼**在廳治南水程八十里居民稠密**鐵**
砧嶼在廳治南水程七十里上有石板三四丈如攻鐵之砧故名**頭巾嶼**在廳治南水程七十
里以形似名**將軍嶼**在廳治南水程五十里舊名尾蘩田上有將軍廟**馬鞍嶼**在廳治南
水程五十里舊名雞腎**狗沙嶼**在廳治南水程五十里有魚名狗沙此處獨多**船帆嶼**在廳
治南水程五十里一名船蓬**半坪嶼**在廳治南水程七十里分東西**味銀嶼**在廳治南水程
七十里相傳紅毛捆載過此船擊破土人入水探銀故名**鐘仔嶼**在廳治南水程七十里亦名碇子
西吉嶼在廳治東南水程八十里**香爐嶼**在廳治東水程三十里一名鼎灣嶼**林投嶼**

在廳治東十九里 陽嶼在廳治東水程四十五里 陰嶼在廳治東水程四十三里 東吉嶼在廳治東水程八十里東西二吉渡海時必驗此以定去向乃入臺之指南車也 鋤頭增嶼在廳治東水程八十里 大山嶼在廳治東北二十五里 碇齒嶼在廳治東北水程四十三里一名碇构 奎璧嶼在廳治東北二十五里 北崎嶼在廳治北水程五十里或稱後垵或稱尾虎皆此嶼也 險礁嶼在廳治北水程四十里又名属瓜嶼 白沙嶼在廳治北水程三十六里有南北二處 籃笨嶼在廳治北水程三十六里即籃板蓋 雁淨嶼在廳治北水程十九里

員貝嶼在廳治北水程二十三里亦稱灣貝 吉貝嶼在廳治北水程六十五里 鎮海嶼在廳治北六十里 中墩嶼在廳治北三十五里 大倉嶼在廳治北水程十五里 目嶼在廳治北水程八十里形如人眼又名月眉 姑婆嶼在廳治北水程五十五里 空殼嶼在廳治北水程五十五里不生一物故名 土地公嶼在廳治北水程五十五里 金山嶼在廳治北水程三十六里 鳥嶼在廳治北水程三十八里 丁字門嶼在廳治西北水程三十里即小門澳

大貓嶼在廳治西水程六十里 小貓嶼在廳治西水程六十里二山多異石如貓又名大烈小烈 花嶼在廳治西水程五十里 草嶼在廳治西水程八十里 墨嶼在廳治西水程八十里 西嶼在廳治西水程二十里 四角仔嶼在廳治西南水程五里 天后澳在澎湖中央即媽宮澳澎湖廳駐劄處澳者就可泊船之處而言各澳即在各嶼中 案山仔澳在廳治南七里 雞母灣澳在廳治南十六里亦稱雞母塢四面皆山商船多避風於此又名蜮子灣 風櫃尾澳在廳治南二十五里可容小艇 襌垵澳在廳治南二十二里即井仔垵在風櫃之東捕魚者居之

嵵裏澳在廳治南二十里 猪母落水澳在廳治南十七里與嵵垵相隣可以寄泊 西垵澳在廳治南水程五十里即網垵在八罩之南捕魚者多在此 按毛潭澳在廳治南水程五十里即挽門澳在八罩東崖 布袋澳在廳治南水程五十里八罩嶼北外狹內廣狀如布袋 水垵澳在廳治南水程五十里八罩之西崖上多人家春夏行舟從此地取水 大花宅澳在廳治南水程五十里旁有小花宅澳以上五澳總名八罩山 將軍澳在廳治南水程五十里 沙

鈎澳在廳治南水程五十里澳狹水淺巨艦不得進承質澳在廳治南水程一百里越此而西有壺內澳冬春波浪少平可以寄泊烏崁澳在廳治東南十五里雙頭掛澳在廳治東十三里亦名雙頭跨可避北風文良港澳在廳治東二十五里即龍門港居民頗多東西衛澳在廳治東六里可泊船者惟東衛澳西衛則無澳而兼名之者也鎖管港澳在廳治東十六里又名墨與林投澳在廳治東十九里罩子澳在廳治東十九里文澳在廳治東北四里即暗澳奎璧港澳在廳治東北二十五里蚱脚與澳在廳治東北七里與案山仔相隣尖山仔澳在廳治東北二十二里紅羅罩澳在廳治北二十里即紅林罩紅毛城澳在廳治北二里媽宮之後鎮海澳在廳治北六十里港尾澳在廳治北六十里鎮海之西南風可泊舟大赤崁澳在廳治北六十里小赤崁澳在廳治北五十八里城前澳在廳治北四十里亦名長岸仔瓦硐港澳在廳治北五十二里後寮澳在廳治北二十五里以上七澳名爲大北山吉貝澳在廳治北水程六十五里此澳附于鎮海沙港底澳在廳治北二十二里以下四澳俱在大山與西溪澳在廳治北十九里白猿坑澳在廳治北二十五里青螺澳在廳治北二十二里后窟潭澳在廳治西北三里一名潭邊通樑港澳在廳治西北五十里橫礁澳在廳治西北水程三十里西與之東小門澳在廳治西北水程三十里小果葉澳在廳治西水程二十里小舟多聚泊新城澳在廳治西一里亦稱烟墩脚竹篙灣澳在廳治西水程二十五里西與之北南風泊船地其西北有二處日南吼門大吼門波濤洶湧舟楫罕通大果葉澳在廳治西水程二十六里有石伏水舟不敢犯俗呼爲師公礁牛心灣澳在廳治西水程二十里即鐵線澳商船來臺多由此緝馬灣澳在廳治西水程十五里西與之南北風可寄泊大池角澳在廳治西水程十八里小池角澳在廳治西水程十六里後灣澳在廳治西水程十八里內塹澳在廳治西水程二十里外塹澳在廳治西水程二十二里二塹在西與之背懸聳天半爲渡海標準

附考

臺地諸山似皆西向　皇輿圖皆作南北向初不解後有閩人云臺山發軔於福州鼓山自閩安鎮官塘山白犬山（與前關同白吠字異音同）過脈至雞籠山故皆南北峙立往來日本琉球海舶率以此山爲指南（使槎錄）

臺地諸山本無正名皆從番語譯出（赤嵌集）

大海洪波止分順逆凡往異域順勢而行惟臺與廈藏岸七百里號日橫洋中有黑水溝色如墨日墨洋驚濤鼎沸險冠諸海或言順流而東則爲弱水昔有閩船飄至弱水之東閱十二年始得還中土（赤嵌集）

由大嶝出洋海水深碧或翠色如靛紅水溝色稍赤黑水溝如墨更進爲淺藍色入鹿耳門色黃白如河水（赤嵌

筆談）

泛海不見飛鳥則漸至大洋近島嶼則先見白鳥飛翔（赤嵌集）

海吼俗呼海叫小吼如擊花腔鼓點點作散豆聲乍遠乍近若斷若連臨流聽之有成連鼓琴之致大吼如萬馬奔騰鉦鼓響震三峽崩流萬鼎共沸惟錢塘八月怒潮差可彷彿觸耳駭愕余常濡足海岸俯瞰溟渤而靜淥淵渟曾無波瀾不知聲之何從出然遠海雲氣已漸興而風雨不旋踵至矣海上人習聞不怪日是雨徵也若冬月吼常不雨多主風（稗海紀遊）

厦門至澎湖水程七更澎湖至鹿耳門水程五更志約

六十里爲一更亦無所據按樵書二編云更也者一日一夜定爲十更以焚香幾枝爲度船在大洋風潮有順逆行使有遲速水程難辨以木片於船首投海中人從船首速行至尾木片與人行齊至則更數方准若人行至船尾而木片未至則爲不上更或木片反先人至船尾則爲過更皆不合更也舟子各洋皆有秘本云係明王三保所遺余借録名曰洋更赤嵌筆談

玉山在萬山中其山獨高無遠不見巉巖峭削白色如銀遠望如太白積雪四面攢峯環繞可望不可卽皆言此山渾然美玉番人既不知寶外人又畏野番莫敢向邇每晴霽在郡城望之不啻天上白雲也番境補遺

大岡山之頂蠣房殼甚多滄海桑田亦不知其何時物也山上有湖雨則水滿山陰有古石洞莫測其所底或以瓦擲之窅然無聲相傳其下通於海云舊志

港西里赤山之頂不時山裂湧泥如火燄隨之有火無烟取薪芻置其上則烟起名曰火山鳳山志

南仔仙山後有火出石畔撲之亦滅吹之輒起臺灣風土記

仙人山在沙馬磯頭其頂常帶雲霧非天朗氣清不得見也故老言時有絳衣縞衣者對奕說近無稽然生成之石棋盤棋凳猶存鳳山志

諸羅猫羅猫霧二山之東山上晝常有烟夜常有火在野番界內人跡罕到舊志

玉案山後山之麓有小山其下水石相錯石罅泉湧火出水中有燄無烟焰發高三四尺晝夜不絕置草木其上則烟生燄烈皆化爲燼同上

入大武郡山行十餘日有石湖其社曰茄荖網湖大里許天將雨湖輒水漲丈餘或以爲湖底有眼通海同上

水沙連四周大山山外溪流包絡自山口入爲潭廣可七八里曲屈如環圍二十餘里水深多魚中突一嶼番繞嶼以居空其頂頂爲屋則社有火災岸草蔓延繞岸架竹木浮水上藉草承土以種稻謂之浮田隔岸欲詣社者必舉火爲號番划蟒甲以渡嶼圓淨開爽青嶂白波雲水飛動海外別一洞天同上

水漣潭在半線方廣二丈餘形若井崇山環列天將風雨則水漲發聲如潮番民以占陰晴同上

八里坌潭在八里坌山絕頂形三角類人力爲之周可數畝清深莫測土番間因逐鹿而至漢人罕能陟也諸羅志

劍潭在北淡水大浪泵社二里許番划艋舺以入水甚濶有樹名茄冬高聳障天大可數抱峙於潭岸相傳荷蘭人插劍於樹生皮合劍在其內因以爲名臺灣志畧

關渡門從淡水港東入潮流分爲兩支東北由麻少翁搭搭悠凡四五曲至峯紫峙西南由武勝灣至擺接谷數十里而止包絡原野山環水聚洋洋乎巨觀也諸羅志

凡水皆東流邑治之水獨西臺海在西三邑攸同也閩粵間水源自山匯流揚波謂之溪溪漸於海潮汐應焉謂之港海汊無源潮流而瀦隨其所到以爲遠近亦謂之港同上

大岡山狀如覆舟天陰埋影晴霽則見上有仙人跡鐵猫兒碇龍耳甕在焉相傳國有大事此山必先鳴臺灣紀畧

奇冷山郎奇嶺社之山高百丈臺灣最暖此山獨積雪至春杪不化同上

由斗六門東入渡阿拔泉又東入爲林瑱埔亦曰二重埔土廣而饒環以溪山爲水沙連及內山諸番出入之口險阻可據有路可通山後哆囉滿諸羅志

形勝

臺灣府東抵羅漢門莊內門六十五里是曰中路西抵澎湖三百二十里水程四更計二百四十里澎湖維樵皆八十里南抵沙馬磯頭四百六十里是曰南路北抵雞籠六百三十四里是曰北路東西廣三百八十五里南北袤一千九十四里

臺灣縣附郭東至羅漢門莊內門六十五里西至海三里南至二贊行溪鳳山縣界二十里原至依仁里交界僅北十里雍正十二年改北至新港溪諸羅縣界二十里溪以南有新港社新化里原屬諸羅雍正十二年改溪南屬臺灣溪北屬諸羅廣六十八里袤四十里

鳳山縣東至港西旂尾溪五十五里東南歷大澤機檳榔林七十里西至打鼓港一十里南至沙馬磯頭三百七十里北至二贊

行溪臺灣縣界五十里廣六十五里袤四百四十五里

距府九十里

諸羅縣東至大武巒山二十一里西至大海三十里南至新港溪臺灣縣界八十里北至虎尾溪彰化縣界五十里廣五十一里袤一百三十里距府一百里

彰化縣東至南北投大山二十里（按内山深處難以里計此據近縣山麓而言）西至大海二十里南至虎尾溪諸羅縣界五十里北至大甲溪四十里廣四十里袤九十里距府二百里

淡水廳（駐竹塹）東至南山十里西至大海七里南至大甲溪一百一十九里北至大雞籠城二百七十五里廣十七里袤四百八十四里距府三百五十九里

澎湖廳東至東吉嶼八十里西至草嶼八十里南至南嶼一百里北至目嶼八十里距府二百四十里（皆係水程故不計廣袤）

臺灣府處大海之中坐東南面西北為江浙閩粵四省之外界諸島往來之要會（福建海防志）緣高邱之阻以作屏臨廣洋之險以面勢（蓉州文稿）澎湖為門戶鹿耳為咽喉（鳳山縣志）七鯤身毗連環護三茅港滙聚澄泓（客問）誠天設之險（方輿紀要）為海疆最要（臺平異同）郡中八景日東溟曉日西嶼落霞安平晚渡沙鯤漁火鹿耳春潮雞籠積雪澄臺觀海斐亭聽濤

臺灣縣東倚層巒西迫巨浸（島上附傳）木岡山高聳特拔羅漢

門扃勢宏敞（臺灣志畧）外環大海雲漲霞平內阻重山沙迷霧列（客問）極東南之奧（諸羅雜記）扼鳳諸之沖（臺灣風土紀）控南澳阻銅山（蔡州文稿）邑中八景曰木岡挺秀蓮湖飄香北線廻瀾赤嵌遠眺龍潭夜月金雞曉霞井亭夜市郡圃榕梁（縣志八景作鹿耳連帆鯤身集網赤嵌夕照金雞曉霞鯽潭霽月雁門烟雨香洋春耨旗尾秋蒐）

鳳山縣址因故鎮（鹿耳門卽事）僻處海邊（臺灣風土記）蔥鬱宏開離奇盤結（客問）大岡小岡嶢屼嵬崔半崩半屏嵾嵳嵓嵃（臺灣賦）磯聳沙馬林險阿猴（臺灣志畧）傀儡高峯近接天際琉球孤嶼遠映海中（縣志）邑中八景曰鳳岫春雨泮水荷香瑯嶠潮聲岡山樹色翠屏夕照丹渡晴帆淡溪秋月球嶼曉霞

諸羅縣全臺鎖鑰逕道蜿蜒（宋永清論）南自新港北至虎尾（臺灣風土記）疊岫參差連岡擁戛（客問）白玉山插翠青霄大武隴深入遂海（臺灣志畧）其龍從之廻環者不可紀極其浩瀚之奔流者無不朝宗（舊志）千里之雄圖上流之要地（縣志）邑中八景曰玉山雲淨龍目泉甘（按龍目泉今隸淡水乾隆二十七年知縣衛克堉改定曰蘭井泉甘）檨圃風清梅坑月霽北香秋荷水沙浮嶼（按水沙與今隸彰化乾隆二十七年知縣衛克堉改定曰南浦春草）月嶺曉翠半溪晚嵐

彰化縣疊嶂如屏連峰插漢（稗海紀遊）山有火燄姑婆之奇溪有虎尾大甲之險（臺灣志畧）近防三林鹿子遠控淡水雞籠（通志）迴海山之僻壤亦宇宙之奧區（客問）邑中八景曰燄峯朝霞鹿港夕照鎮亭晴雲線社烟雨虎溪春濤海豐漁

火眉潭秋月肚山樵歌

淡水廳崇山大川深林曠野臺海使槎錄 淡水江北海之津梁客問 小雞籠蜿蜒而南烟霏霧靄峰巒不可枚舉舊志 西通大海東結層巒使槎錄 圭心石門蓬山後壠重洋砥柱攬浪搏潮客問 洵扼要險區也赤嵌筆談 廳治四景曰坌嶺吐霧戍臺夕陽淡江吼濤關渡分潮乾隆二十九年署同知胡紹景新增

澎湖廳五十嶼巨細相間坡壠相望舊志 險口不得方舟內澳可容千艘方輿紀要 爲漳泉南戶海防志 東則海壇西則南澳誠天設之險方輿紀要

附考

臺灣爲土番部族在南紀之曲當雲漢下流東倚層巒

西迫巨浸北至雞籠城與福州對峙南則河沙磯小琉球近焉周衰三千餘里孤嶼與瓊瀛相錯如繡島上附傳

自鷺門金門迤邐東南達澎湖數千里風濤噴薄悍怒激鬬瞬息萬狀子午稍錯北則墜於南風烝南則入於萬水朝東有不返之憂又東至鹿耳門夾以七鯤身北線尾海道紆折僅容數武水淺沙膠雖長年三老不能保舟不碎餘乃山羅雕渤無由以入其險不測如此同上

雞籠山島野夷亦謂之東番萬歷四十四年倭脅取其地東番諸山其人盛聚落而無君長習鏢弩少舟楫自昔不通中國方輿紀畧

臺灣處大海之中地形坐東南面西北自東北而至西

鹿耳門而臺灣之全勢舉矣或云鹿耳門爲天險門戶而又上設礮臺防亦密矣萬一攻之不入兵法有攻堅而瑕者亦堅其謂之何不如由北路之上淡水進兵所謂行師如過於衽席之上者謀非不臧也而不知由北路進兵則其勢緩緩則必以衆而臨寡以強而併弱由鹿耳門進兵則其勢主捷捷則有以反主客之形成控制之師而且安平不據澎湖尚孤彼賊徒者急而揚帆不無他虞也是故覘臺灣之形勢而必講明於得入鹿耳門之要爲最急理臺末議

臺郡無形勝可據四圍皆海水底鐵板沙線橫空布列無異金湯鹿耳門港路紆迴舟觸沙線立碎南幟樹白

旗北幟樹黑旗名曰盪纓亦曰標子以便出入潮長水深丈四五尺潮退不及一丈入門必懸起後柁乃進赤嵌筆談

鹿耳門內浩瀚之勢不異太海其下實皆淺沙若深水可行舟處不過一綫而又左右盤曲非素熟水道者不敢輕入所以稱險稗海紀遊

臺郡往來船隻必以澎湖爲關津從西嶼頭入或寄泊嶼內或媽宮或八罩或鎮海嶼然後渡東吉洋凡四更船至臺灣入鹿耳門行舟者皆以北極星爲準黑夜無星可憑則以指南車按定子午格巽向而行倘或子午稍錯南犯呂宋或暹羅或交阯北則飄蕩莫知所之此

入臺者平險遠近之海道也至若臺灣郡治之海道自鹿耳門北至雞籠十九更自鹿耳門南至沙馬磯頭十一更茍遇颶風北則墜於南風烝一去不可復返南則入於萬水朝東皆極險此又居臺者之不可不知也舊志

放洋全以指南針爲信認定方向隨波上下曰針路船由浯嶼或大嶝放洋用羅經向巽巳行總以風信計水程遲速望見澎湖西嶼頭貓嶼花嶼可進若遇黑水溝計程應至澎湖而諸嶼不見定失所向仍收泊原處候風信由澎湖至臺灣向巽方行近鹿耳門隙仔風日晴和舟可泊若有風仍回澎湖赤嵌筆談

海洋汎舟固畏風又甚畏無風大海無櫓搖棹撥理千里萬里祇藉一帆風耳自大擔放洋後初渡紅水溝再渡黑水溝臺灣海道惟黑水溝最險自北流南不知源出何所海水正碧溝水獨黑如墨勢又稍窪故謂之溝廣約百里湍流迅駛時覺腥穢襲人又有紅黑間道蛇及兩頭蛇繞船遊泳舟師時時以楮鏹投之屏息惴惴懼或順流而南不知所之耳紅水溝不甚險人頗泄視之然二溝在大洋中風濤鼓浪與綠水終古不淆理亦難明渡溝良久聞鉦鼓作於舵間舟師來告望見澎湖矣登鷁尾高處憑眺秖覺天際微雲一抹如綫徘徊四顧天水欲連一舟蕩漾若纖埃在明鏡中稗海紀遊

獨坐舵際時近初更皎月未上水波不動星光滿天與

波底明星相映上下二天合成圓器身處其中遂覺宇宙皆空(同上)

海上夜黑不見一物則擊水以視一擊而水光飛濺如明珠十斛傾撒水面晶光熒熒良久始滅亦奇觀矣(同上)

離澎湖海水自深碧轉爲淡黑回望澎湖諸島猶隱隱可見頃之漸沒入烟雲之外前望臺灣諸山已在隱現間更進水變爲淡藍轉而爲白而臺郡山巒畢陳目前矣(同上)

海船已抵鹿耳門爲東風所逆不得入而門外鐵板沙又不可泊勢必仍返澎湖若遇月黑莫辨澎湖島澳又不得不重回廈門以待天明者往往有之矣海上不得

順風寸尺爲艱(同上)

海風無定亦不一例常有兩舟並行一變而此順彼逆禍福攸分(同上)

臺灣至澎湖五更澎湖至廈門七更廈門至上海四十七更寧波近上海十更俱由廈門經料羅在金門之南澳可泊數百船沿海行至惠安之崇武澳泊船可數十經湄洲至平海澳可泊船數百至南日澳僅容數艘南日至古嶼門從內港行古嶼至珠澳復沿海行二里皆小港南日古嶼東出沒隱見若近若遠則海壇環峙諸山也白犬官塘亦可泊船至定海有大澳泊船百餘至三沙烽火門北關澳亦如之此爲閩浙交界至金香鳳

皇三弁石童雙門牛頭門盡沿海行至石浦所亂礁洋
峙頭門舟山登厝澳盡依內港其登厝澳之東大山壆
出即舟山地赴上海寧波至此分䑸從西由定海關進
港數里即寧波從北由羊山放大洋至吳淞進港數里
即上海九月後北風盛尤利涉自登厝澳從西北放小
洋四更至乍浦海邊俱石岸北風可泊於羊山與向北
過崇明外五條沙轉西三十四更入膠州口過崇明外
五條沙對北三十二更至成山頭向東北放洋十一更
至旅順口由山邊至童子溝島向東沿山七更至蓋州
向北放洋七更至錦州府赤嵌筆談
羅漢門在郡治之東自猴洞口入山崇岡複嶺多不知

名行數里為虎頭山諸峰環列樹惟檨椰過大灣崎蘆
竹坑咬狗坑又東南經土樓山壁平如削上則獼猴跳
擲虞人張羅以捕稍前為壘浪崎出茅艸埔度雁門關
嶺回望郡治海天一色去關口里餘中為深塹可數十
丈緣崖路狹不堪旋馬一失足便蹈不測五里至石頭
坑四里至長潭清瑩可鑑潭發源於分水山後由羅漢
門坑入岡山溪同注於海自番子寮迤邐至小烏山後
入羅漢內門峯廻路轉眼界豁開沃衍平疇極目數十
里東則南仔仙山東方木山隔淡水大溪為旗尾山西
則小烏山南為銀錠山北為分水山目猫𢫬山層巒疊
巘蒼翠欲滴暝色尤堪入畫民莊凡三外埔中埔內埔

居民約二百餘口內埔汛兵五十名分防猴洞口狗勻崑諸地則寥寥三十餘人而已先是由長潭東南行至夏尾藍腳帛寮轉北至外埔莊後以逆黨黃殿潛踪內埔而蘿萊岑鼓壇坑尤爲奸匪出沒之所禁止往來外埔東南由觀音亭更寮崙番子路頭至大崎越嶺卽爲外門去大傑巓社十二里中有民居爲施里莊北勢莊莊盡番地往年代納社餉招佃墾耕繼以遠社生番乘間殺人委而去之今則茀草不可除矣自社尾莊割蘭坡嶺可赴南路由木岡社卓猴可赴北路外此羊腸鳥道觸處皆通峻嶺深谷叢奸最易土人運炭輦稻牛車往來徑路逼狹不容並軌惟約晝則自內而外夜則自外而內因以無阻夏秋水漲坑塹皆平則迷津莫渡矣

使槎錄

上淡水在諸羅極北中有崇山大川深林曠野南連南嵌北接雞籠西通大海東倚層巒計一隅可二百餘里洵扼要險區也外爲淡水港八里岔山在港南圭柔山一作雞柔在港北兩山對峙夾東中流南北有二河南河源出武勝灣行四十餘里北河源出楓仔與行百餘里俱至大浪泵會流出有扼門卽關渡門入淡水港曲折委宛五十餘里而歸於海圭柔山麓爲圭柔社由山西下數里有紅毛小城高三丈圍二十餘丈今圮城西至海口極目平衍名虎尾今淡水營所駐也兩山南北重岡複嶺

灌莽叢翳南則武勝灣里末擺接秀朗諸社北則麻少翁外北投內北投大浪泵麻里即吼楓仔嶼諸社磺山在內北投濱河山僅數仞寸艸不生自淡水經楓行嶼上下十里過港至雞籠山高多石山下即雞籠社稍進爲雞籠港港道狹隘港口在紅毛石城非圓非方圍五十餘丈高二丈遠望爲小雞籠嶼番不之居惟時於此採捕循此而上至山朝社又上至蛤仔難諸社深箐鳥道至者鮮矣南路界盡沙馬磯頭相傳地脈亘接呂宋凡舟赴呂宋必由此東放大洋有澳名龜那禿北風時大船可泊沙馬磯頭之南行四更至紅頭嶼皆生番聚處不入版圖地產銅所用什物俱銅器同上

竹塹過鳳山崎一望平蕪捷足者竟日之力乃至南嵌時有野番出沒沿路無邨落行者亦鮮孤客必倩熟番持弓矢爲護而後行野水縱橫或厲或揭俗所云九十九溪也遇陰雨天地昏慘四顧悽絕然諸山秀拔形勢大似漳泉若碁置邨落設備禦因而開闢之可得良田數千頃同上

關渡門從淡水港東入潮流分爲兩支東北由麻少翁搭搭悠凡四五曲至峰仔峙西南由武勝灣至擺接各數十里而止包絡原野山環水聚洋洋乎巨觀也同上

淡水至雞籠有東西兩路西由八里坌渡砲城循外北投雞柔大遯小雞籠金包裏諸山之麓至雞籠內海可

一百二十里沿路內山外海多巨石巉巖碁跱相去數武其下澗水淺深不一行人跳石以渡失足則墜於水東由關渡門坐蟒甲乘潮循內北投大浪泵至峰仔峙港大水深泝灘河可四十里而登岸踰嶺十里許即雞籠內海同上

淡水者臺灣西北隅盡處也高山嵯峨俯瞰大海與閩之福州府閩安鎮東西相望隔海遙峙計水程七八更耳山下臨江陴睨爲淡水城亦前紅毛爲守港口設者鄭氏既有臺灣以淡水近內地仍設重兵戍守稗海紀遊

緣海東行百六七十里至雞籠山是臺之東北隅有小山圓銳去水面十里孤懸海中以雞籠名者肖其形也過此而南則爲臺灣之東面東面之間高山阻絕又爲野番盤踞勢不可通而雞籠山下實近弱水秋毫不載舟至即沉或云名爲萬水朝東勢傾瀉捲入地底滔滔東逝流而不返二說未詳孰是同上

淡水登舟半日即望見官塘山一作關重自官塘趨定海行大海中五十里至五虎門兩山對峙勢甚雄險爲閩省門戶門外風力鼓盪舟甚顛越既入門靜淥淵渟與門外迥別更進爲城頭土音亭頭十里至閩安鎮數十里至南臺大橋稗海紀遊

澎湖島北起北山南盡八罩澳北山龍門港丁字門西嶼頭倭所必由爲最要地媽宮前嶼裏澳爲次要地春

汛以清明前十日爲期駐三箇月冬汛以霜降前十日爲期駐二箇月浯銅二寨分兵爲聲援汛畢險要地各有兵船哨守命曰小防漳州府志

泉州順風二晝夜至澎湖溝水分東西流一過溝水則東流達於呂宋回日過此溝則西流達於漳泉同上

水至澎湖漸低近琉球謂之落漈漈者水趨下而不回也凡西岸漁舟到澎湖以下遇颶風發漂流落漈回者百無一續文獻通考

觀澎湖諸島夏月正値南風由媽宮澳入港順駛最易惟出港逆風未可時計或收入八罩從挽門潭上岸登天后山四望則三十六島嶼形勢盡在目前赤嵌筆談

澎湖島在琉球國水行五日地近福州泉州興化漳州四郡界天氣晴明望若烟霧明一統志

海中島嶼最險要而紆廻則莫如澎湖葢其山周回數百里險口不得方舟內澳可容千艘海中舊有三山之目澎湖其一耳東則海壇西則南澳誠天設之險何可棄以資敵方輿紀要

福州海中有澎湖島相去三千里晴日髣髴可見有叅將領兵駐之自福州順風而往不半日至也玉堂薈記

澎湖僻在興泉外海其地爲漳泉南戸日本呂宋東西洋諸國皆所必經南有港門直通西洋福建海防志

鄭成功竊踞臺灣用澎湖爲外藪康熙二十二年六月

將軍施琅統兵自銅山攻破據之八月遂克臺灣（諸羅雜識）

澎湖爲漳泉之門戶而北港卽澎湖之唇齒失北港則唇亡齒寒不特澎湖可慮卽漳泉亦可憂也北港在澎湖東南亦謂之臺灣（方輿紀要）

澎湖媽宮西嶼頭北港八罩四澳北風可以泊舟若南風不但有山有嶼可以寄泊而平風靜浪黑溝白洋皆可暫寄以俟潮流洋大而山低水急而流迴北之吉貝沉礁一線直至東北一目未了內皆暗礁布滿僅存一港蜿蜒非熟習深諳者不敢棹至（海國聞見錄）

續修臺灣府志卷之一終